推しに婚約破棄されたので
神への復讐に目覚めようと思います

登場人物紹介
リューク
フルールの婚約者である王太子。
乙女ゲームの攻略対象で
フルールの前世からの「推し」だった。
フルール
日本人だった前世の記憶を持つ公爵令嬢。
自分が乙女ゲームの悪役令嬢で
あることを知っている。
前世からオンオフの切り替え上手く、
冷たい外見に反して、意外に元気で前向き。

上王
前王で、リュークの祖父。
豪放磊落な人物。
レイン
フルールの義弟。
乙女ゲームの
攻略対象の一人。
プリムローズ
乙女ゲームのヒロイン。
なんだかゲームとは
性格が違って……!?
クライン
フルールの護衛騎士。
スゥランの弟で乙女ゲームの
攻略対象の一人でもある。
スゥラン
フルールの侍女。
フルールの姉的な存在であり、
常に彼女のそばで励ましてくれる。

目次

推しに婚約破棄されたので
神への復讐に目覚めようと思います

プロローグ

「フルール・ドゥ・ラウン！　君との婚約を破棄する！」

底知れぬ湖のごとき碧眼を怒りに波立たせ、見目麗しき青年が声高に叫ぶ。

彼の人の隣には、光の加減で赤く見えるストロベリーブロンドをふわりと編み上げた可憐な少女が寄り添っていた。

また、彼女を守るかのように、別の二人の青年も背後に立っている。

少女の華奢な体を包むのは薄手のブラウス一枚とスカート。ブラウスの上から明らかにサイズの違う大きな制服の上衣がかけられていて、彼女は小さく体を震わせている。

庇護欲をかきたてられる姿だが、不安そうに揺れる若草色の眼の奥に、微かに愉悦の光が混じっているように見えるのは、気のせいか。

そんなストロベリーブロンドの少女は小さく体を震わせると、より一層青年に身を寄せた。

ここは、ソリン王国随一の規模を誇る、ソリン王立魔法学園の講堂。

つい先刻、今年度の卒業式が粛々と行われ、在校生一同で見送ったばかりだ。

そんな式典終了後のざわつきの中、騒動は起こった。

一学年に在籍している公爵令嬢フルール・ドゥ・ラウンが、同じ一年の在校生代表として挨拶する予定だった少女を壇上に立てなくするために、彼女の制服を破ったと告発されたのだ。

告発した青年の手には、おそらく少女のものだろうズタズタになった制服の上衣が握られている。

「――なんということを！」

「また、ラウン公爵令嬢の仕業なの」

「これは、いくらなんでも酷すぎる」

「婚約破棄も無理はないな」

周囲からは、次々と公爵令嬢を非難する声が上がった。

「誤解です、リューさま。私はそんなことをした覚えがありません」

四面楚歌の中、冴え冴えと輝く銀の長髪をきっちり結い上げた少女――公爵令嬢フルールが、凜とした態度で否定する。青年を真っすぐに見つめるアメジストの瞳は揺るぎもしない。

「言い訳は聞きたくない。既に証拠は揃っているのだ。……それに、君はもう私の婚約者ではない。今後は、私を愛称で呼ぶのを控えてもらおうか」

フルールから『リューさま』と呼ばれた青年は、冷たく彼女の言葉を切り捨てた。

碧眼が、冷たく元婚約者を睨む。

フルールは、静かに下を向いた。

銀の髪が一房ハラリとうなじに落ちて哀れを誘う。

たった今、彼女を婚約破棄した青年の名は、リューク・オンス・イエルド・ソリン。名からわかるように、この国ソリンの王太子だ。

そして、ストロベリーブロンドの少女の名は、プリムローズ・ラモー。元は平民だが、稀少な治癒魔法を持っていることからラモー伯爵家の養女となった人物だった。

リュークは天使のように愛らしく健気なプリムローズと、身分の差を超えて交友を深め、それに嫉妬したフルールがプリムローズをいじめている――という話は、学園の生徒ならば誰一人知らぬ者のないことだ。

そして、今日。ついにフルールは、リュークから婚約破棄を告げられてしまった。

(ホント、まるで絵に描いたような乙女ゲームの断罪シーンだわ。……あぁ、でも正真正銘ゲームの世界なんだから、これが当たり前なのかしら?)

うなだれたまま床をジッと見つめるフルールは、心の中でそう呟く。

『乙女ゲーム』『断罪シーン』などという非現実的な言葉で軽く聞こえるが、実際は、とてつもない疲労感に襲われていて動けないのだ。

(……やっぱり、婚約破棄は避けられなかった)

フルールの脳裏に、リュークと婚約してからの思い出が走馬灯のように巡る。

こうなることは、かなり前からわかっていたのだが、それでも彼女の心は泣いていた。

(予想通りだったけど、思った以上に辛いわ。……だって、私はリューさまを愛してしまったから)

彼女の心の嘆きは、〝今〟のリュークには届かない。

「ラウン公爵令嬢、同じ学園に通う身だ。姿を見せないようにというのは無理だろうが、今後は、私に近づくことも話しかけることも禁ずる。いいな、そのつもりでいろ！」

かつて優しく語りかけてくれた声が、冷たく響く。

そこで、プリムローズが声を上げた。

「そんな、リュークさま！　それじゃラウン公爵令嬢があまりに〝可哀相〟で〝惨め〟です！　きっと彼女はリュークさまが私に優しくしてくれるのが羨ましくて嫉妬しちゃっただけなんです！　私は、罪を認めて謝ってもらえればそれだけでいいですから！」

一見フルールを庇った言葉に聞こえるが、その実『可哀相』だの『惨め』だの『嫉妬した』だの、相手を貶める言葉を羅列している。

しかも、やってもいないことを『認めて』『謝れ』とか、図々しいにもほどがあった。

しかしそう思うのはフルールだけのようで、リュークは感じ入ったようにプリムローズを抱きしめる。

「プリムローズ、君はなんて優しいんだ！　――それに引き換えラウン公爵令嬢、君の所業は許し難い！　それでも、天使のごときプリムローズがこう言うんだ。婚約破棄を撤回するつもりはまったくないが、今すぐ謝罪すれば少しは情状酌量を考えてやってもかまわない」

蔑むように見てくる彼に、フルールはきっぱりと首を横に振った。

「行ってもいない罪を認めるわけにはいきません」

「ラウン公爵令嬢！」

リュークの怒声にも、フルールは怯まない。

アメジストの瞳と碧の瞳が交差する。先に逸れたのは揺れる碧。

それを誤魔化すかのように、リュークの声が一段高くなる。

「ならばもういい！　君には当分の間、自宅謹慎を命じる！　己が行いを恥じ、慎ましく過ごすように。……婚約破棄の正式な書類は、追って王宮から公爵家に通知する！」

言いたいことを言うと、彼はプリムローズを連れ、去っていった。

帰り際、振り返ったプリムローズの唇が『馬鹿ね』と動いたような気がしたのは、被害妄想ではないだろう。

二人の姿が完全に消えてから、ようやくのろのろとフルールは動き出す。

（結局、ゲームの『強制力』には勝てなかった。——学園に入り、乙女ゲームの始まりである入学式が過ぎたとたん、私の周囲はすべて変わってしまったから）

政略上の婚約者とはいえ、良好な関係を築けていると思っていたリュークは、突然冷たくなり、他にも親しかった人々が疎遠になった。

やってもいない罪を押しつけられ、どう主張しても聞いてはもらえなかった。

どんな証拠も正論も、理不尽に踏みにじられた。

こんなことが立て続けに起こる原因は、ゲームの『強制力』としか思えない。

もちろん、フルールは、ここが乙女ゲームの世界で、自分が悪役令嬢だということはわかっている。だから、悲惨な悪役令嬢の末路を変えたいと、幼い頃から努力してきたのだ。

学園に入学した後も、多少の紆余曲折はあったものの、想定外の〝協力者〟の助けも得て、なんとか『強制力』を跳ね返そうと努力して一年。

しかし、そのすべてが失敗した。

(リューさま……大好きな〝推し〟だったのに！　前世では、いっぱいいっぱい課金して！　グッズも集めまくって！　何度も何度も繰り返し攻略したのに!!　婚約破棄されるなんて……どうして、私は〝悪役令嬢〟なんかに転生したの!?)

フルールは、心の中で滂沱の涙を流す。

いくらわかっていたことだといえ、悲しいものは悲しいのだ。

――しかし、どんなに嘆いても婚約破棄の現実は覆らない。

(帰ろう。帰って、これからのことを相談しなくっちゃ)

そして、今回の婚約破棄騒動に、フルール以上に傷ついているだろう〝協力者〟たちを慰めなくてはならない。

悪役令嬢フルールは、気力を振り絞り、前を向いた。

第一章　ゲーム開始前の、氷の公爵令嬢と完璧な王太子

フルール・ドゥ・フランには前世の記憶がある。

地球という青い星の日本という国に住む女性だった記憶だ。

享年は二十七。独身でそこそこ大きな会社で働いていた。

名前は吉野綾千（よしのあやせ）。

背が高くキリッとした顔立ちをしていたため、一見、真面目でとっつきにくそうに思われていたようだが、実際には、職場ではともかく私生活は自由気ままなオタク寄りの人間だ。

寝食を忘れてゲームをするのも度々で、特に嵌（は）まっていたのが乙女ゲームだった。


――乙女ゲーム。

それは、めくるめく夢の世界。ゲームという仮想世界の中でヒロインとなり、様々なタイプの違うイケメンとの恋愛を楽しめる。

「特に！　今、私の嵌（は）まっている『月の虹（にじ）』は、ビジュアルが綺麗なだけじゃなくシナリオも凝（こ）っていて、最高にステキなゲームなの！　中でも、メイン攻略対象者のリュークさまが、私の一推（お）しで、もうもう！　言葉にできないくらいイケメンなのよ！　三つ編みにして背中に流した黄金の髪

に、神秘的な湖のような碧の瞳。神か天使かってくらいの容貌で、しかも文武両道！　おまけに性格まで優しいときたら、完璧すぎて恐いくらい！　私がこれまでやったゲームの中でも最高のヒーローだと断言できるわ!!」

思い出す記憶の中で、綾千はテンション高くそんなことを力説していた。彼女の動きに合わせて、ポニーテールの髪がぴょんぴょんと飛び跳ねるので、いかに興奮しているのかがよくわかる。

そんな彼女につき合わされた女友だちは、呆れたような視線を向けてきた。

「はいはい。もうそのリュークさまの話は、耳にたこかってくらい聞かされているから、お腹いっぱいよ。腹黒で、ヤンデレで、魔王属性なんでしょう？」

「違うわよ！　そりゃあ、策略家で、ヒロインへの溺愛がとんでもなく深いけど、魔王とか絶対違うから！　どうせならカリスマ性があるって言ってよね！」

プンプンと怒る綾千に、友人は両掌を上に向け肩をすくめてみせる。

お手上げだというポーズだ。

「モノは言いようよね。……まったく、今のあんたの姿を会社の人に見せてやりたいわ。みんな、綾千を真面目で面白味のない仕事人間だと思っているんだから」

「私が真面目なのは、本当のことだもん」

綾千は心外だと言わんばかりにツンと口を尖らせる。

友人は相変わらずの呆れ顔。

「会社ではね！　でも綾千は、仕事から一歩離れれば、自分の趣味に全力投球する自由人じゃない。

ゲームにそこまで嵌まれるなんて、なかなかいないわよ？　ギャップがあるにもほどがあるわ」

「ONとOFFの切り替えがうまいって言ってよね！　仕事は仕事、プライベートはプライベートで楽しまなくっちゃ、人生つまんないわ」

それは、綾千の人生訓だった。この考えのもと、二十七年間を生きてきたのだ。

その間に、嵌まった趣味は数知れず。料理に手芸、スポーツ諸々。

そして、最近は乙女ゲーム――それも、その中の一攻略対象者にのめり込んでいた。

友人が眉間に深いしわを寄せる。

「綾千のは、切り替えっていうより二重人格に近いでしょう？」

そんな指摘は、どこ吹く風。綾千はあっけらかんと笑った。

「あらいやだ。どっちの私も私だもの、同一人格よ。まぁ、でも私の人格なんて、どうでもいいけれど。……そんなことより、リュークさまの話を聞いてよ！　私、今、三週目の攻略をしている途中なんだけど、もう何度も見ているはずのリュークさまの笑顔が、前よりもっと麗しく見えるの！　これってやっぱり私のリュークさまへの愛が深まったせいよね！」

喜々として語り始める綾千に、友人は諦めきった視線を向ける。

こうなった彼女が、何を言っても止まらないのを知っているからだ。

「……わかった。わかったわよ。リュークさまでもなんでも、とことん話を聞いてあげるわ。その代わり、明日のランチはあなた持ちだからね！」

「OK！　ランチを奢るくらいでリュークさまを語り尽くせるなら全然惜しくないわ！　あ、でもワンコインにしてね？」

「せこすぎでしょう！」

ペロッと舌を出した綾千を、友人が怒鳴りつける。

睨み合った二人は、やがて同時に噴き出し大声で笑い合った。

そんな前世の休日の一コマが鮮やかに蘇り――やがてセピア色に変化する。

(ああ、ランチ奢れなかったな)

フルールが、前世の記憶を思い出したのは、十三歳の春だった。

このとき彼女は、唐突に思い出した記憶に翻弄され、クラリと目を回して咄嗟に隣に立つ人の腕に縋る。

「――どうかしたか？」

急に倒れかかった彼女を心配して、隣にいた人物が、耳に心地よい少し高めのバリトンボイスでたずねてきた。

とはいえ、その声には特別な感情はこもっておらず、義務的なもの。

本気で心配しているのかどうかは、わからない。

「……バランスを崩してしまいました。申し訳ありません」

同じく感情のこもらぬ声で返事をしながら、フルールの中の綾千は内心めちゃくちゃ動揺した。

突如蘇った前世の二十七年の記憶が頭の中を駆け回り、それまでのフルールとしての記憶が、一瞬にして飛んでしまったから。

自分が誰で、どうしてここにいるのか、さっぱりわからない状態に焦る。

それに――

（待って！　待って！　待って!!　今の声って……まさか、リュークさま!?）

彼女は、そっと視線だけ上向けて、隣を確認した。

（――っ!?）

瞬間、息が止まりそうになる。

輝く黄金の髪に、この世のものとも思えぬ美貌。

そこにあったのは、間違いなく綾千の一推し、乙女ゲーム『月の虹』の攻略対象者リューク・オンス・イエルド・ソリン王太子の顔だった。

（いったいこれは、どういう状況なの？）

今この瞬間までの記憶をなくしてしまった綾千は、ガン見してしまいそうな視線を無理やり引き剥がし、周囲を窺う。

見ればここは十畳ほどの部屋の中で、目の前には重厚な両開きの扉がある。

自分たち以外に人気はなく、扉の前に立っているということは、この扉が開くのを待っている状況なのではないかと思われた。

なおも見回した先には、白い壁をバックに高級そうなアンティーク家具、そしてこれまた値打ちもの間違いなしの大きな姿見がある。

キラリ光る鏡面に、視線が釘付けになった。

それに、たった今確認したばかりの王太子リュークと、彼と腕を組み背筋を伸ばして立つ一人の女性の姿が映っている。

(悪役令嬢フルールだわ！)

綾千は、愕然とした。

フルール・ドゥ・ラウン公爵令嬢は、乙女ゲーム『月の虹』で、王太子リュークのルートを選んだ際に、ヒロインの前に立ちはだかる悪役令嬢だ。

白銀に輝く長髪に、太陽が地上に昇る前の黎明に似たアメジストの目。整いすぎて冷たく見える美貌ゆえに氷姫と渾名されている。

実際、フルールは冷たい女性だった。感情に乏しく、その行動は、知識に裏付けされた明確な理論に基づくもののみ。

悪役令嬢であるからにはヒロインをいじめるのだが、その理由も嫉妬や権勢欲ではなく、あくまでヒロインの能力不足だ。

『リューク・オンス・イエルド殿下のご寵愛を受けるのならば、それに相応しい知識と教養を身につけなさい。今のままの貴女では、側室に上がることさえ分不相応だわ』

絶対零度の視線でヒロインを見つめるフルールの迫力は、怖ろしいの一言だった。

その怖ろしいはずのアメジストの目が、なぜかおどおどと鏡の中から綾千を見返している。

(まさか？)

綾千は、ほんの少し自分の自由になるほうの手を上げてみる。

鏡の中のフルールも、同じ動作で手を上げた。

(嘘っ?)

フルールのもう片方の手は、彼女の隣に立つリュークの腕に絡まっている。

綾千は、自分の自由にならないほうの手が掴んでいる〝誰か〟をそっと見上げた。

先ほどと同じ、この世のものとも思えぬ美貌を持つリュークの横顔が目に入る。

(……ってことは、やっぱり私はリュークさまと腕を組んでいるのよね?)

鏡の中で、リュークと腕を組んでいるのは、悪役令嬢フルールだ。

(——つまり?)

ここから導き出される答えは、たったひとつ。

(そんな! そんなことって、ありえるの!?)

辿り着いた答えに、綾千はフリーズした。

そこでようやく彼女は、自分が他ならぬ悪役令嬢フルールになっていたのだと気がついたのだ。

そんなバカな! と、思うと同時に、ひとつの考えが頭に浮かぶ。

(まさか? 私、ラノベでよくある乙女ゲーム世界への異世界転生ってやつをしたの? それも、悪役令嬢モノ!?)

信じられない出来事の衝撃で、また体がぐらつく。

「——っ? 本当に、どうしたのだ?」

今度は、先ほどより幾分気遣わしそうな声が聞こえてきた。

こんなときなのに、綾千の心はドキン！　と大きく跳ねる。

（ああっ！　リュークさまが私を心配してくださるなんて！　……尊い！）

とんでもない事態なのは変わらないのに、推しに心配してもらえたというその一事だけで、瞬時に彼女は立ち直った。

内心身悶えながらも、鉄壁の無表情を崩さないようにして首を横に振る。

「重ね重ね申し訳ありません。少し緊張してしまったようです。でも、もう問題ありませんから」

「問題ないはずがないだろう？　いつも僅かな隙さえ見せない君が二度も体勢を崩したのだぞ」

さすが完全無欠の氷姫。

（隙がまったくないなんて、いったいどんなご令嬢なの？　そして、リュークさま、優しい！　婚約者とは名ばかりで、互いに役目を果たす以外は興味も関心も持っていないという設定のはずのフルールを、ちゃんと見ていてくださっているなんて！　ああ、やっぱり最高のヒーローなんだわ！）

綾千は、心の底から感動した。

「大丈夫です。……それより夜会が始まりますわ。参りましょう」

内心のハイテンションをおくびにも出さずに、綾千――いや、フルールは前を向く。

いったいどうして、こんなことになっているのか？　とか。

なんで、自分は平然としてフルールを演じようとしているのか？　とか。

いや、リュークさまの隣に立てるのなら、フルールになりきる一択でしょう！　とか。

どこまでリュークさまが好きなんだ！　とか。

いろいろツッコミたいこと満載だが、それら全てを棚に上げ前を向いた。

たとえば、この人生が乙女ゲーム『月の虹』への転生悪役令嬢モノだとしても。

自分が大好きな推しのリュークさまに、いずれは婚約破棄されるのだとしても。

今この瞬間この場に立つフルールが、体調不良で欠席なんてありえない！

——そう思う。

(そんな、リュークさまのご迷惑になるような真似、ファンの面子にかけてもできないわ！)

推しのためならなんでもできる！

それは、『推し』という存在を持つすべての人に共通する気持ちではないだろうか？

少なくともフルールにとっては、できて当然のことだ。

(それにしても、フルールがリュークさまにエスコートされているなんて。……つまり、まだ婚約破棄前なのよね？　……っていうか、よく見たらリュークさまもフルールも、めちゃくちゃ若いじゃない？　……ひょっとしてまだ学園入学前なの？　……ってことは……え？　今から出るのって、リュークさまとフルールの婚約発表の夜会なんじゃない？)

たしかゲームの回想シーンに、そんな場面があったと思う。

思い至った事態に、フルールは自分が異世界転生したのかも？　と思ったときより愕然とした。

それでもなんとか態度に出さないようにしていると、上から小さなため息が降ってくる。

「……わかった。君は言い出したら聞かないからな。だが、無理は絶対しないでほしい。ダメだと思ったら、すぐに私に言うこと。……それにしても、君でも緊張なんてするんだな」

フルールの言うことを聞き入れてくれたリュークが、最後にはフッと吐息をこぼす。

見上げた先にあったのは、超レアなリュークの笑顔で。

(うっわぁ～！　うっわぁ～！　うっわぁ～!!)

ほんの一瞬のその姿を、フルールは心のメモリにしっかりと書きこんだ。

(やっぱり、リュークさまって優しいわ！　こんなにステキなリュークさまに恥をかかせるわけにはいかないもの。この後の夜会、なんとしても成功させなくちゃ！)

幸いにして、この世界のマナーには自信がある。

ゲームをクリアするために、平民出身のヒロインがマナーを覚えるイベントが多数あるからだ。

立ち居振る舞いだって、バッチリ覚えていた。

(ゲームをやりこんでいてよかったわ)

――それに、幸いなことに先ほどから時間が経つにつれ、飛んでいたフルール本人の記憶が蘇ってきている。

(ううん。違うわね。本当に蘇ったのは、フルールの中に眠っていた綾千の記憶のほうだと思うわ。その記憶があんまり刺激的だったから、フルールとして今まで生きてきた記憶が一時的に飛んでしまっただけよ。……うん。落ち着きさえすれば、ちゃんと思い出せるわ。私がフルール・ドゥ・ラウン公爵令嬢なんだってことを)

まあ、ちょっと……いや、だいぶ性格が変わったような気がするが、そこは大きな問題ではないだろう。

（何より変わったのは、リュークさまへの感情だもの！　こんなにステキな推しのリュークさまを、今までの私は政略上の婚約者としか見ていなかったなんて。……なんて、もったいないことをしていたのかしら！　我が事ながら信じられないわ）

これからは今まで以上に〝愛でよう〟と心に誓う。

ちょうどそのタイミングで、目の前の扉が開いた。

ドキッとするフルールの目に、眩いばかりの光に溢れた大広間の光景がとびこんでくる。明るい音楽と大勢の人々の話し声も聞こえた。

「リューク・オンス・イエルド・ソリン王太子殿下、並びにフルール・ドゥ・ラウン公爵令嬢、ご入場です！」

きらびやかな光が扉の向こうの世界を彩り、厳かに名前を呼ばれる。

そのとたん、ざわざわとした喧噪がピタリと止まった。

「行こうか」

フルールのほうを見ながら、リュークが囁いてくる。

「――はい」

その声に、しっかりと頷いた。

（ああ！　リュークさまが私を見ている――なんて、幸せなのかしら！）

そう思ったとたん、ごくごく自然にフルールの口角が上がる。

きっと、表情は緩みまくっていることだろう。

そんな彼女を見たリュークが、一瞬目を見開き……やがて、スッと目を逸らす。

なぜかその耳が赤くなっていた。

二人は、そのまま扉の向こうの華やかな光の中に足を踏み出す。

このときフルールの心は、未だかつてなかったほどに高揚していた。


その後、フルールは夜会を無事に乗り切った。

予想した通りの婚約発表もあったが、まあまあうまく振る舞えたと思う。

いくらなんでも終始無表情はないかと思い、時々恥ずかしそうに笑って見せたのだが、なぜかこれが周囲にえらく受けた。フルールの両親であるラウン公爵夫妻は感激で目を潤ませ、国王夫妻も嬉しそうにうんうんと頷いたのだ。

「あなたがこんなふうに笑えるだなんて……これも殿下のおかげですわ」

「どうなることかと心配していたが、婚約のお話を受けてよかったよ」

両親にここまで言わせるフルールに、多少微妙な心地になったけれど、まあ今さらしょうがない。

「……フルール、君、何か悪いモノでも食べたんじゃないの？」

フルールそっくりの美貌――しかし、可愛い系の顔をしかめて聞いてきたのは、義弟のレイン・ディ・ラウンだ。

もっとも、義弟といっても実際は従弟。父の弟の次男だったりする。

ラウン公爵家の一人娘であるフルールが王太子と婚約するため、一年前に彼が養子となったのだ。

グレーの髪に、ラウン公爵家の血筋を表すアメジストの眼を持っていて、実は『月の虹』の攻略対象者の一人だったりもする。

(悪役令嬢の義弟って攻略対象者枠の一つだもの。もっとも、私はレインを虐げたりしていないけど。……でもまあ、今はあまり仲がいいとはいえないわよね)

「レイン、私のことはお姉さまと呼ぶようにって言ったでしょう?」

フルールのほうがレインより三ヶ月誕生日が早い。間違いなく弟だ。

レインは、元々しかめていた顔を、もっとひどくしかめた。

「……いつも通りのようだね。お姉さま」

以前は、そこそこ仲のよかったレインだが、養子の話が出た頃から関係がギクシャクしだしている。

今日の夜会でも、なかなか近寄ってこず、来たと思ったら先ほどのセリフだったのだ。

彼との仲も今後は徐々に改善しようと、フルールは決めた。

(それにはやっぱり笑顔よね。スマイルゼロ円! 公爵令嬢なんだから、愛想もお仕事のうちだわ。婚約破棄をできるだけ穏便に済ますためにも、氷姫の印象を和らげなくっちゃ)

そのためにも、誰よりリュークに好意を持ってもらいたい!

邸に戻り、夜会でのリュークを思い出したフルールは、うっとりと目を閉じる。

(ああ、リュークさま! ゲームの中でも完璧だったけど、現物は本当にすごかったわ! 立ち居振る舞いが優雅だし、会話は滑らか。ダンスのリードも文句なしだとか、存在自体が神よね！　少し頬が赤かったのが気になるけれど、時折私を気にかけてくださって、チラチラ見ておられたのも優しさが感じられて最高だったわ！　……もう、もう！　この胸の高まりをどうしたらいいのかしら！　……ああ、この世界に転生できて本当によかった！）

自室のベッドで横になりながら、感嘆の吐息をもらす。

——そう、自分が異世界、それも乙女ゲームの世界に転生したことを、既にフルールは確信していた。

（フルールの記憶を自分のものとして、しっかり感じられるんだもの。『転移』や『憑依』じゃなく『転生』なのは間違いないわよね？　今の状況は、綾千だった頃の記憶を思い出したってところかしら？）

どのみち確かめる術などないのだから、それでいい。

蘇った綾千の記憶は、休日に友人と会って、思う存分リューク愛を語り満足して家に帰ろうとした途中で切れている。キキキッ〜！　という大きな急ブレーキ音と「危ない！」という誰かの叫び声、ドン！　と大きな衝撃を受けた感じが残っているから、きっと車に撥ねられたのだと思う。

（横断歩道を青信号で渡っていたはずなんだけどな。ひょっとしてトラック転生ってやつかしら？）

まあ、今さら考えても仕方ない。

前世の綾千は、仕事もプライベートも充実し、毎日を楽しくすごしていた。

恋人はいなかったけれど、そんなことが気にならないくらい興味を持ったすべてのことに手を出して、休日は趣味に没頭していたのだ。

（思えば、短くとも充実した人生だったわ。これだけ好き勝手していたのに、後悔なんてしたら罰が当たるわよね？　しっかり前を向かなくっちゃ！）

そう、フルールは考える。

この辺の切り替えのよさが、綾千の綾千たるところだ。

（切り替えがよすぎて二重人格を疑われたくらいだもの。……こういうドライなところは氷姫と呼ばれたフルールに似ているのかも？）

それゆえ、綾千はフルールになったのかもしれなかった。

どうせならヒロインがよかったと思うのだが、これまた仕方ないことだろう。

悪役令嬢フルールは、現在十三歳。

このままいけば、二年後にゲームの舞台である王立学園に入学し、一年の終わりにヒロインに惹かれたリュークに婚約破棄される。

そう、王立学園は二年制なのに、自分たちの卒業式ではなく先輩の卒業式で、もう婚約破棄されてしまうのだ。

（まあ、ゲームの本番はそこからだものね）

ビジュアルのみでなくシナリオも優れていた乙女ゲーム『月の虹』は、悪役令嬢を断罪し、それでハッピーエンドという物語ではない。

むしろそこは通過点。

学園で出会う五人の攻略対象者の中から三人を選んだヒロインは、その後、残り一年の学生生活でさらに彼らとの絆を深め、卒業後は『月の虹』の美しい世界を冒険して巡るのだ。

地の果て、海の果て、ついには天空の果てまでを踏破し、やがては世界の根幹を脅かす敵を倒して平和をもたらす。

それこそが、このゲームに綾千がド嵌まりした理由だった。

(もっとも悪役令嬢フルールは、婚約破棄された時点で退場しちゃうんだけど)

その後も学園には通わせてもらえるが、卒業後すぐに親子ほども年の違う北の属国の王のもとへ嫁がされて、雪崩に遭って死んだと伝えられるというのが、彼女の結末だ。

(滅茶苦茶優秀なのに残念な末路だなって、ゲームをしていて感じたのよね)

冷酷だが優秀なフルールだ。リュークに執着していたようにも見えないし、やりようによっては、その後の彼の治世を側近として支えられたのではないだろうか?

(内政面なら冷静沈着な宰相になれそうだわ。攻撃魔法も使えるから軍部に入っても活躍できそうだし。こんな優秀な人材を属国とはいえ他国に嫁がせるとかあり得ないって思ったのよね。……うんうん。優秀な部下としてリュークさまを支えるっていうのが、私にとってベストな結末だって気がするわ。もちろん、婚約破棄なんてせずにリュークさまと結婚できるのなら、これ以上の幸せはないんでしょうけれど――)

ふと頭の隅をよぎった考えに、心が揺れる。

大好きな推しと本当に結ばれる。それはどれほど甘美な喜びだろう。

幸い綾千はゲームのシナリオを熟知していた。特にリュークルートは何度も攻略したため、彼の好みもわかるし、反対に苦手なものだって知っている。

（リュークさまは、特にフルールが嫌いってわけではなかったはずだわ。優秀で理知的だと認めていたし、容姿だって『美しい』と言っていたシーンがあったもの）

ただ、その後に続いたのは『しかし、心が冷たい』だとか『表情が動かず何を考えているかわからない』とかの否定の言葉だったのだが……いや、今は『美しい』と言われたほうに注目しよう。

綾千の知識を持ったフルールがこれから努力したならば、うまく婚約破棄を避けられるのではないだろうか？

前世で読んでいた悪役令嬢転生モノの小説も、そういうストーリーがほとんどだった。

フルールの中に、渇望にも似た熱い何かが生まれる。

しかし、ここでフルールはブンブンと首を横に振った。

（……ううん！　ダメ、ダメよ！　欲張っちゃいけないわ。リュークさまは、私の神聖な推しだもの！　私が願うのは、何より彼の幸せじゃなくっちゃ！）

推しとは、何をせずともそこにいてくれるだけで心満たしてくれる人。

そもそも存在する次元が自分たちとは違うのだ。

夫とか恋人にしようと考えるのは烏滸がましい！

（だいたい、私が婚約破棄されないってことは、リュークさまが一年の学年末で絞られる攻略対象者三人の枠に入らないってことだもの。その場合、その後のゲームの展開にリュークさまが関われ

なくなるわ）

当然、卒業後のヒロインの冒険にも同行しないこととなる。

（――ラストステージだった天空神殿、ものすごく綺麗だったもの。あの光景をリュークさまにも見せてあげたい！）

そのためには、リュークはやはりヒロインに攻略されなければならないのだ。

それはすなわち、フルールが婚約破棄されるということで――

ツキン！　とフルールの胸に痛みが走った。

大好きな最推しと出会い彼と結ばれる未来が見えているのに、それを諦めなければならないというのは、とても辛い。

（ううん。それでも我慢よ！　リュークさまの幸せなしに私の幸せはないんだから。……そうよ。やっぱり私が狙うのは、心から敬愛する相手を支えることのできる配下ポジションだわ！　そうすれば、少なくともリュークさまの傍にいられる！）

あとは、そのためにこれからどう生きていくかということだが。

（まだ王立学園に入学するまで二年あるもの、リュークさまに信頼してもらえるように頑張ろう！　王太子の婚約者になったからには王妃教育も始まるし、会える機会がずっと増えるはずよね？　努力して結果を見せて好感度を上げなくっちゃ！　信頼される配下はまだ無理でも、できればちょっと親しいお友だちくらいにはなりたいわ）

いずれはヒロインに恋をしたリュークに婚約破棄されるにしても、友人になっていれば一緒にいることくらい許してもらえるのではないだろうか？

じっくり実力をつけ多少親しくなった上で学園に入学。乙女ゲームの世界を楽しみつつ悪役令嬢に徹して、無事に婚約破棄された後は、自分の実力でリュークさまの側近にのし上がる！

（うんうん、なかなかいい人生設計じゃないかしら？　ある程度生活基盤ができたら、お休みをしっかりとってOFFを楽しむのもいいわよね）

やりたいことは、たくさんある。

そのためにも今は勉強するときだ。

自分のためにもリュークのためにも頑張ろう！

このときの綾千――いや、フルールはそう思っていた。

◇◇◇

先日、ソリン王国王太子リューク・オンス・イエルドに正式な婚約者ができた。

お相手は、王国第三位のラウン公爵家の長女フルール・ドゥ・ラウン。

家柄はもちろん、能力、容姿等々すべてにおいて完璧なご令嬢だ。

（まあ、今さらという気もするがな）

自室のソファーに座りながら、リュークはそう思う。

彼とフルールの婚約は、彼女がリュークより一ヶ月遅れて生まれたときから、半ば決まっていたことだ。

実際ラウン公爵家は、王太子の側近か妃にするつもりで計画的に子どもをつくったはず。

これは、何もラウン公爵に限らぬことで、王国の高位貴族のほとんどにリュークと同年代の子どもがいる。

親の年代も国王と同じなので必然的にそうなったと考えることもできるのだが……いや、やはり計画的だと考えるほうが自然だろう。

しかし、子どもの年齢はコントロールできても性別のコントロールは不可能だ。

どういった神の采配か、公爵以上の家でリュークと同じ年の女性は、フルールのみである。あとは全員男性だ。

加えて、彼女はリュークの炎魔法と同等の攻撃魔法である氷魔法の使い手。これほど好条件の王妃候補は、他にはいないだろう。

対抗馬になるとすれば、希有な治癒魔法の使い手くらいのものだが……そんな存在がいるなんて、聞いたことがない。

つまり、この婚約はとうに決まっていたことなのだった。

本人たちの意思など欠片も考慮されない政略の一つとして。

もっとも、この婚約に対してリュークにはなんの不満もなかった。

王太子として生まれたからには、国にとって利となる令嬢との結婚は当然のこと。ラウン公爵令嬢ならば、立派に王妃としての責務を果たしてくれると信頼できる。

（まあ、不安がまるでないかと問われれば、そうでもないのだが）

リュークは、フルールにはもう少し笑顔がほしいと思っていた。

いや、彼女がまったく笑わないとかそういうことでは決してない。社交マナーも完璧なフルールは、必要なときにはきちんと口角を引き上げ笑みを形作れる女性だ。

しかし……そう、それはあくまで形作るだけ。

そこに彼女の心はなく、見る者が見ればすぐにわかってしまうレベルの作り笑顔に、リュークは少しの不満を覚える。

（とはいえ礼儀に欠けるわけでもないし、立ち居振る舞いも会話も非の打ちどころがないからな。注意するわけにもいかないし――）

どうしたものかと悩んでいるうちに、今日の婚約式となってしまった。

式の最中に様子を見ながら注意しようと思っていたリュークは、しかし、驚愕することとなる。

（……反則だ。あんなふうに笑うだなんて）

今日のフルールは――とてつもなく可愛らしかった。

いつもは冷たい印象で氷姫などと渾名されているくせに、今日は心の底から嬉しいとわかる笑みを浮かべ、その姿は春にほころぶ白い花のよう。

（見たとたん、頬がカッと熱くなって隠すのが大変だったな）

その後も恥じらいながら微笑むなんていう初々しい姿を見せて、彼女は会場中の人々を残らず魅了していた。

(……喜ばしいことなのに、どうしてだろう？　なんだか胸がモヤモヤする)

フルールが愛くるしく微笑(ほほえ)めば微笑(ほほえ)むだけ、その姿を誰にも見せたくないと、リュークは思ってしまった。

できうることならば、この腕の中に閉じこめて誰にも会わせたくないとまで。

(どうかしている。……あんな笑顔は初めてだから私も動揺しているのだろう。見慣れれば平気になるにきまっている)

リュークは、そう思った。

彼は十三歳。

完璧な王太子と呼ばれていても、人生経験の少なさだけはどうにもならない年齢だ。

そわそわと泡立つ自分の心の中の感情に名前をつけることのできなかった少年は、その後、同じようなモヤモヤにずっと悩み、やがて開き直ることになるのだが、今はまだそれを知らなかった。

◇◇◇

その後、フルールは自分のした決意を胸に生き始めた。

「スゥラン、今日の予定は？」

ベッドに体を起こしたフルールの声に、赤髪を綺麗に結い上げた若い女性が振り返る。

「午前は邸内で剣術と魔法の訓練。午後からは王宮で王太子殿下とご一緒に政治経済の講義を聞き、その後ダンスのレッスンとなっています」

今日も相変わらずの過密スケジュールだ。

やれやれと思いながらベッドから出たフルールの足下に、赤髪の女性——スゥラン・ミッツが、スリッパを揃えて差し出してきた。

テキパキと働く彼女は、フルールの侍女だ。五年前から仕えてくれていて、フルールは彼女のことを姉のように慕っている。

「昼食の予定は？」

「王宮でご一緒にと、王太子殿下からお招きいただいています。昨日南部のエルダ地方から旬のマドゥが献上されたそうで、食した感想が聞きたいとおっしゃっています」

マドゥとは日本でいうところのマンゴーに似た果物だ。大変な高級品で、この時期献上される完熟マドゥは濃厚な甘さがたまらない。

（ああ、やっぱりリュークさまは優しいわ！　政略上の婚約者だというのに、一緒に勉強する日は必ず食事や茶会に誘ってくださるんですもの。わざわざ献上品をふるまってくださるところも素晴らしいわよね。……ゲームの中でも最高だったけど、実物はそれ以上だわ！）

綾千の記憶を取り戻して一年。

フルールのリューク推しは、強くなるばかりだ。

「ご夕食もご一緒にとお誘いが来ていますが——」

「もちろん、お受けするわ！」

言い終わらないうちに食い気味で被せられた言葉に、スゥランは苦笑を漏らした。

「まったく、お嬢さまは王太子殿下のことになると人が変わりますね。……まあ、殿下も殿下でずいぶん頻繁にお嬢さまにお声をかけてくださいますけれど」

スゥランの口調には、いくぶん呆れが含まれている。

「そうなのよ！　本当にリュークさまはお優しいの！　政略上の婚約者でしかない私に嫌な顔ひとつ見せずに時間をさいてくださって。ご自分の勉強や公務も忙しいはずなのに。……ああ、もう、本当に神かってくらい完璧なお方だわ！」

そんなことは気にもかけず、フルールはテンション高くリュークを賛辞した。

スゥランが小さなため息をつく。

「今のお嬢さまを、他のご令嬢たちに見せてあげたいですわ」

「あらいやだ。私はまだネグリジェのままなのに？」

ベッドから出たばかりのフルールは、ネグリジェの白い裾を翻してクルリとその場で回ってみせた。

思わずといったようにスゥランが苦笑する。

「そういう意味じゃないことくらいわかっておられるでしょうに。他家のご令嬢たちは、お嬢さまのことを、感情を持たない真面目一辺倒の〝氷姫〟だと噂しているのですよ」

そんなこと、百も承知のフルールだ。

「私が真面目なのは本当のことでしょう？」

「承知しております。でも自室にいるときのお嬢さまは、感情豊か、いえ、むしろ豊かすぎてもう少し自重していただきたいくらいのお方ですから」

なんだか、どこかで聞いたような会話だなと、フルールは思う。

「ONとOFFの切り替えがうまいって言ってちょうだい。内と外の切り替えくらいできなくっちゃ、人生つまらないでしょう？」

それは、綾千であってもフルールであっても変わらぬ人生訓。

スゥランが眉間に深いしわを寄せるのを見ながら、フルールは心の中で苦笑した。

「お嬢さまのは、切り替えっていうより二重人格に近いですよ」

それは、前世で友人からいつも聞かされていた言葉だ。

フルールは、つい声を上げて笑ってしまった。

「笑い事じゃありませんよ、お嬢さま！」

「ごめんなさい。スゥランに心配してもらって嬉しかったのよ」

「そう思うのなら、少しは外での態度を変えてください！」

ムッとするスゥランをフルールは慌てて宥める。

彼女は侍女——使用人なんだから放っておけばいいなんて考えはない。

むしろ自分の一番傍にいてくれる存在なんだから、彼女とはできるだけ良好な関係を築くのが大切だとフルールは思う。

「それより、剣術の稽古なら相手はクラインでしょう？　今日は、少しは落ち着いているのかしら？」

旗色が悪いと見たフルールは、話題転換を図った。

クラインは、スゥランの弟だ。年はフルールと同い年。姉そっくりな赤髪と少々きつめの赤い三白眼を持つ、見た目の派手な美少年だ。

（実は、彼も攻略対象者の一人なのよね。姉弟でラウン公爵家に雇用されていて、おまけに姉がフルールの侍女だから、ヒロインへの愛情と姉への気遣いの間で葛藤するの。まあ、最終的にはヒロインを選ぶのだけど）

スゥランとクラインは平民で、王都でも有名なミッツ商会の子だ。貴族とのつながりが欲しい家の都合でラウン公爵家で働いている。

（働くっていうより行儀見習いみたいなものだけど。……公爵家で身元を保証するから貴族しか入れない王立学園にも通えるのよね。学園さえ卒業できれば、将来文官や騎士になることも可能だし）

女性なら貴族に嫁ぐことだって夢ではない。

事実、昨年学園を卒業したスゥランには、下級貴族からいくつか縁談が来ていた。大金持ちの商人の娘でラウン公爵家の身元保証があるとなれば、飛びつく貴族がいるのも当然だ。

中には、かなり高位の貴族もいるとの噂もあるが、それはさすがにないだろうなとフルールは思っていた。

それでも侍女として役目を全うしたいからと、そのすべてを断ってくれているスゥランには感謝しかない。

フルールとスゥランは、相思相愛の主従だ。

（でも、おかげで私、クラインからは嫌われているのよね？　たぶん、お姉ちゃんをとられたみたいで癪なんでしょうけど……なんだかんだと理由をつけて突っかかってくるのはやめてほしいわ。攻略対象者とはいえ、まだまだお子さまなのよね。リュークさまとは雲泥の差だわ！）

裕福な商人の子ではあっても平民と王太子。比べてはいけないのかもしれない。

（ううん。違うわ。やっぱりリュークさまが特別なのよ！　だって、レインもクラインと似たり寄ったりなんだもの）

義弟レインとも関係修復を図っているフルールだが、今のところ結果はあまり芳しくない。本物の姉弟みたいに仲よくしましょうよと歩み寄ってもフンと横を向かれるし、精一杯の笑みを向けてもムッと唇を引き結ばれてしまう。

「……そんな顔、リューク殿下にも見せているの？」

あげく、そんなことを言ってくる。

そんなもこんなも、フルールの顔は一つだけだ。

「仕方ないでしょう？　悪かったわね。こんな顔で」

フルールとレインは顔の造作こそ似ているが、圧倒的に雰囲気が違う。フルールは凜々しくて、レインは可愛い系。男女逆なんじゃないかと思ってしまう。

フルールだってなりたくて凜々しい顔になっているわけではなかった。できれば可愛い系になりたかったのだが、これぱかりは致し方ない。

「悪いなんて言っていないだろう！　僕は……君が、その――」

大きな声で怒鳴ったものの最後は小さな声になったレインは、やがて真っ赤になって逃げていった。反応まで可愛いとか、女子力ではっきり負けているなとフルールは軽く落ちこむ。

だいたい、フルールとレインの会話はいつもこんな感じなのだ。

やっぱりレインは子どもだわと、フルールは思う。

一方、クラインが落ち着いているかとたずねられたスゥランは、深いため息をついた。

「何度も言い聞かせてはいるのですが……あの子も素直でないというか、あまのじゃくというか、相当拗らせているみたいで」

「拗らせている？」

いったい何を拗らせているのだろう？

フルールがきょとんとして首を傾げると、スゥランは困り顔で苦笑した。

「ええ。レインさまと同じくらい拗らせていますわ」

「レインと？」

さっぱりわからないフルールに、スゥランが笑いかける。

「お嬢さま、何度も言っておりますが――無理にクラインを訓練相手にご指名くださらなくてもいいのですよ。お嬢さまならばもっと腕の立つ騎士を選び放題なのですから。お嬢さまの訓練相手として共に指導を受けられる恩恵を少しもわかっていない弟など、どうか捨て置いてください。……そうすればあの子も自分の〝やり方〟が間違っていることに気がつくはずですわ」

口と同時に手を動かしテキパキとフルールを着替えさせながらそう話す。

たしかに彼女の言う通りなのだが……しかし、クラインは未来の攻略対象者だ。しかも騎士枠なのだから、今はお子ちゃまでも立派に進化するのは保証付きである。

「大丈夫よ。クラインも剣の筋はいいみたいだもの。きっと今に優秀な騎士になるわ。それに、どんな人だって最初から完璧な人なんていないもの。そんな人は――リュークさまくらいよ！」

力いっぱい叫んだフルールの言葉に、スゥランはガックリと肩を落とした。

「……お嬢さまにとって、王太子殿下以外の男性は、たいして気にかける価値もない相手なのだと、よくわかりました」

「あら？　私はクラインのことは気にかけているわよ。だって、スゥランの弟なんだもの。もちろん、私の弟のレインだって気にかけているわ」

「……それが、あの子たちには不満なんですけどね」

どうして不満なのだろう？

さきほどから、スゥランのセリフに時々意味のわからない言葉が交じる。

(拗(こじ)らせているとか、やり方が間違っているとか、不満とか？　……みんなクラインとレインのことだと思うけど、いったいなんのことのかしら？)

わからなくて目をパチパチとさせていると、スゥランがニッコリ微笑(ほほえ)みかけてきた。

「いいのです。これはあの子たちが自分で解決しなければならないことなのですから、どうかお気になさらないでください。……クラインは、今日もいつものようにコテンパンにやっつけてくだされば、それでいいのですわ」

よくわからなかったが、やっつけるくらい簡単だ。

「任せて！」

「……ほどほどにお願いします」

いったいどっちなのだろう？

コテンパン？

それともほどほど？

頭を悩ませるフルールに、苦笑するスゥランだった。

そして、一時間後。

フルールは、スゥランに言われた通りに、クラインをコテンパンにやっつけていた。

ちなみに一時間後とはいえ、彼女がクラインと剣の稽古を始めたのは、ほんの数分前。その前に髪を結ったり朝食を食べたりと、貴族令嬢はいろいろ忙しい。

「クソッ！　魔法をそんなふうに使うなんて卑怯だぞ！」

地面に尻もちをつきながら、派手な容貌の赤髪の少年が叫んだ。赤い三白眼が、悔しげにフルールを睨みつける。

「訓練は実戦同様に行うと決めてあったはず。実戦で相手が魔法を使うのは当然だから、少しも卑怯ではないだろう？」

叫ぶクラインに淡々と言い聞かせるのは、ラウン公爵家が雇った剣術講師だ。引退した元王国騎士団長で、白髪交じりの口ひげがダンディなご老人だったりする。

たしかに彼の言う通りだった。実戦となれば持てる力のすべてを駆使するのは当然のこと。卑怯だなんだと言っている場合ではない。

「普通の攻撃魔法なら俺だって文句は言わない！　足元を凍らせて転ばせるなんて、騎士道精神に悖る行いだ！」

クラインはますますいきり立った。

「戦いで負けてしまえば、騎士道も何もあるまいに」

剣術講師は、呆れたと言うように肩をすくめてみせる。

訓練の模擬戦が始まると同時に氷の魔法でクラインを転ばせて、その上で彼の頭をポカリと殴ったフルールは、涼しい顔で立っていた。カッカッと怒るクラインなど眼中にないようだ。

その様子がなおのことクラインを煽った。

「もう一度だ！」

「何度やっても結果は同じだと思うぞ」

ガリガリと白髪頭をかきながら、剣術講師があくびをする。

彼の言葉は正しい。別にクラインが弱いというわけではないのだが、いかんせん彼は直情傾向。駆け引きも何もない力任せの剣に負けてやれるほど、フルールは大人ではない。

(前世の年齢？　もちろんリセットしたわよ。死んだのだから、ゼロからのスタートで間違いないわよね？)

異論は認めない！　認めないったら、認めない！

誰に向けてかはわからないが、心の中でフルールが力説していると、クラインがすっくと立ち上がった。

「俺と、もう一度戦え！」

叫ぶなり、剣を構え突っ込んでくる。

さすがに凍った地面を避けるくらいの冷静さはあるようだが、真っ向から打ちかかってこられても、フルールは対応に困る。

(どこまでやっつけていいものか？　迷うのよね)

実戦ならば完膚なきまでに叩き潰して終わりだが、訓練ともなればそうもいかない。

なんといってもクラインは、将来王国一の騎士となる予定の攻略対象者なのだ。ここで若いその芽を摘むわけにもいかないだろう。

考えこんでいる隙に、間近に迫ったクラインが剣で切りつけてきた。

条件反射で剣を合わせたフルールは、これまた条件反射でその剣に魔法をかけて氷らせる。

二本の剣は、交わった形のまま凍てついた。

「くっ！　もうその手はくわないぞ！」

叫んだクラインが氷ついた剣を握っていたグローブから自分の手を引き抜く。

そして、すぐにその場から飛び退った！

――実は、以前同じようにフルールが剣を凍りつかせたとき、クラインはそれを握っていた手ごと凍らされてしまい身動きできなくなったのだ。

そのまま別の剣を用意していたフルールにボコボコにやられたという悲しい過去を持つ彼は、今回は厚手のグローブをして剣を握っていたらしい。

(まあ、少しは考えたってことかしら？　所詮浅知恵は、浅知恵なんだけど)

「フリーズ！」

クラインの足下を狙ってフルールは氷の魔法を放った。

「それも計算済みだ！」

そう叫んだクラインは、多少カッコ悪くはあるのだが、地面に両手両足をついて転ばぬように這いつくばる。

まあ、たしかにすっ転ぶよりましかな？　とは思う。

しかし、その体勢からどうするつもりなのだろう？

興味深く見ていると、なんとか転倒を防いだ彼は、自分の持つ魔法の力を使いその場で高く飛び上がった。

(ようやく魔法を使う気になったのね)

クラインは、風魔法の使い手だ。長時間飛行するなどという高度なことは無理だが、高くジャンプしたり、走る際に追い風を起こして素早く移動したりする程度なら、余裕でできる。

だったら最初から魔法を駆使し多彩に攻撃すればいいものを、彼はいつも剣術のみにこだわって戦っていた。魔法を駆使するのは、追い詰められた果ての果て。しかも、ものすごく不本意そうに使う。

剣の実力だけで勝ちたいということなのだろうが、そういうのはもっと実力がついたときにやるべきだ。

まあ、考え方は人それぞれ。実戦ではなく訓練なのだから、好きにすればいい。

(だからって、私までその考えにつき合う義理はないけれど)

飛び上がったことで、格好の的になったクラインに、フルールは魔法で生み出した氷の礫をぶつけた。クラインは、自分の周囲に暴風を起こすことで、礫から身を守る。

「行くぞ!」

同時に、腰に差していた二本目の剣を大上段に振り上げて、上空からフルールめがけ突進してきた。

「イヤァァァ!」

勢いと素早さのある、いい攻撃だ。

(残念ながら、届かないんだけど)

彼の剣が振り下ろされるその前に、フルールの放った氷の礫のうちクラインの風が防ぎきれなかったものが彼の足を掠っていく。

小さな氷の欠片がクラインの履くブーツの先に貼りついているのがわかる。

フルールが魔法の力を強めた次の瞬間、クラインのブーツに貼りついていた氷の欠片が急速な成長を始めた。

ブーツがビキビキと凍っていく。

そして、時を置かずブーツは厚い氷に覆われて、やがて足ごと大きな氷塊と化してしまった。

当然、その氷塊はクラインの動きの妨げとなる。

「う、うわぁぁ！」

文字通り、氷に足を引っ張られた少年は顔色を青くして落ちてきた。

ドサッ！　と派手な音がして「グェッ！」と呻いたクラインが動かなくなる。

かなりの高さがあったので、当然だ。

フルールは、ゆっくりと彼に近づいていった。

そのまま剣の柄で氷の塊を叩き割り、ついでにクラインの頭もポカリと殴る。

「そこまで！　勝負あった。フルール嬢の勝ちだ！」

高々と剣術講師が宣言して、フルールとクラインの訓練は終わる。

準備万端。熱々に温めたタオルを持って、スゥランが弟に駆け寄った。

◇◇◇

「大丈夫？　酷い凍傷は、ないみたいだけど？」

姉に聞かれたクラインは、頬を膨(ふく)らませてプイッと横を向いた。

弟の態度に苦笑したスゥランが、タオルを手で二、三度叩くことで熱を逃がし靴を脱がせた弟の足にそっと当てる。

冷え切った足には気持ちよかったのだろう。クラインはホーッと深く息を吐いた。

「……ありがとう。姉さん」

小さな声で感謝を伝える。

姉の前では素直な少年なのだ。

「お礼はお嬢さまに言いなさい。熱いタオルを用意するようにおっしゃったのはお嬢さまなのよ」

その言葉を聞いたクラインは悔しそうに表情を歪(ゆが)める。

スゥランが大きなため息をつく。

「そんな態度じゃ、いつまで経ってもお嬢さまに振り向いてもらえないわよ」

呆(あき)れたような言葉に、クラインはカッと頬を熱くした。

「振り向いてもらいたいなんて、思っていない！」

「ハイハイ。……意地っ張りもいい加減にしなさいよね。お嬢さまには、全然通じていないんだから」

クラインを軽くいなした姉はテキパキと手当を続ける。

甘んじてそれを受けながらクラインは下を向いた。

そんなこと、言われなくてもよくわかっていた。

――彼がフルールに出会ったのは、今から五年前。九歳のときだ。

大好きな姉が貴族の屋敷に侍女として仕えることになり、一緒に行きたいと願った彼をその貴族は共に雇ってくれたのだ。

屋敷のお嬢さま――フルールと同い年だから、遊び相手になると思われたらしい。

そのとき姉のスゥランは十四歳だった。

平民とはいえ手広く商いをしていて十分裕福な家の娘が、若くして働きに出るのには理由がある。

第一の理由は教育だ。

この国の最高学府は、当然のことながら王都にある王立学園。王族も通うこの学園が門戸を開いているのは貴族のみで、いくら裕福でも平民は入れない。

しかし、何事にも裏道はあるもので、高位貴族に仕える使用人のみ学園に通うことが許されていた。王立学園を優秀な成績で卒業した執事や侍女を傍に置くことが、貴族のステータスなんだとか。

(くだらない見栄だよな。使用人に箔をつけようなんて思うより、自分自身を磨けばいいものを)

しかし、裕福な平民はこの制度をうまく利用している。

高位貴族に自分の子どもたちを仕えさせ王立学園に入学させるのだ。そうすることで我が子に最高の教育を受けさせることができる。

スゥランも十四歳でフルールに仕え、翌年には王立学園に入学した。卒業したのは二年前。成績優秀だったのは、言うまでもない。

クラインもフルールと一緒に学園に入学予定だ。一応護衛という名目になっているが、フルールの氷魔法にクラインは手も足も出ない。おかげでプレッシャーが半端ないが……頑張るしかないだろう。

第二の理由は、スゥランとクラインの少し複雑な家庭の事情だった。

二人の生家は九人家族。両親と二人を含んだ子ども七人という家族構成なのだが、現在の母は二人の実母ではない。——実は、父の婚姻歴は三回で、最初の妻との間に長兄と長女がいて、スゥランとクラインの母は二番目の妻。今の妻は三番目で、弟二人と妹一人を産んでいる。

裕福な商人で尚且つ顔もいい父は、めちゃくちゃ女性にモテる男だったのだ。

結果こんなことになっていて、最初の妻と別れたのも、スゥランとクラインの母と別れたのも、みんな父の浮気が原因だ。次に浮気をしたら兄弟全員で父を絞めようと約束しているのは、家族公然の秘密だ。

おかげで、兄弟仲は悪くない。

義母が継子イジメをしているわけでもなかったが、それでも二番目の妻の子という微妙な立場にいるスゥランとクラインは早めに家を出ることを希望していた。このまま家にいたとしても、商売を継ぐのは兄姉で、家を継ぐのは弟妹の誰かだろう。

とんだ貧乏くじだと思っていたが、ラウン公爵家に雇われてフルールに出会ったとたん、それはラッキーに変わった。

そう思えてしまうくらい、フルール・ドゥ・ラウン公爵令嬢は美少女だったのだ。

九歳の男の子が恋に落ちるのは一瞬。

しかし、その初恋は三日で砕け散る。

クラインが何を言っても、彼女は笑いもしなければ泣きもしない。公爵令嬢の綺麗な紫の目に、彼の姿は映っていても〝見て〟はくれなかったのだ。

悲しいかな、クラインはそれに気づけるくらいは賢い子どもだった。

それでも、なんとしても自分を見てほしかった彼は懸命にフルールの気を惹こうとした。将来はフルールの護衛騎士になることを期待されていたおかげで一緒に剣を学ぶことを許されたので、そこで頑張ろうと奮起したのだ。

しかし、結果は無残なもの。彼の力はフルールの足下にも及ばなかった。

一見儚げな美少女だった公爵令嬢は、とてつもない攻撃力を持った魔法剣士だったのだ。

(あんな見た目なのに強いなんて、絶対反則だろう!)

つけいる隙がないというのは、フルールを示す言葉だ。

何をどうしても勝てなかったクラインは、唯一自分がフルールに勝てそうな可能性——単純な力の強さによる勝負にこだわった。

負けても負けても、何度でも力で彼女に立ち向かう。

繰り返す日々の中で徐々にクラインは当初の目的を見失っていった。もはやフルールの気を惹きたいなんて思いはなく、ただただ相手を打ちのめしたいだけで鍛錬する。

……それが変化したのは、今から一年前のこと。

いつものように剣の訓練を受け、いつものように負けたクラインに、その日のフルールはいつにない様子で話しかけてきた。

「……もう少し軽い剣を持ったほうがいいわね」

「——は？」

「今使っているのもいい剣だけど、あなたには重すぎる。それを持つのはもう少し大きくなってからにしたほうがいいわ。……後で別の剣をあげるから」

何を今さら——と思った。

これまで、クラインがどんな剣を持っていても気にもかけなかったくせに。

怒りがこみ上げるのと同時に、なぜか心がざわついた。

見てくれたのだと、ようやく自分に目を向けてくれたのだと、心が勝手に躍る。

「うるさい。俺の勝手だろう！」

素直になれずに怒鳴り返したとたん、姉の拳固がクラインの頭に落とされた。

「お嬢さまに対して、なんてことを言うの!?」

ポカリといい音がして、殴られたところがジンジンする。

すると、フルールがプッと噴き出した。

「仲がいいのね」

クスクスと笑う。

——それは、初めて見たフルールの笑顔。

枯れたはずの想いが、パッと色鮮やかに新芽を吹き出す。

（いや！　こいつは俺を笑っているんだぞ！　それなのに嬉しいとか、ないだろう⁉）

このときのクラインは十三歳。思春期の少年の心は、自分で思っている以上に単純だ。

とはいえ、ここまで拗らせた心が素直になれるはずもなく。

「もう一度だ！　もう一度、俺と戦え！」

今日もクラインは、フルールに突っかかっていく。

姉が隣で大きなため息をついた。

◇◇◇

昼前に剣術と魔法の訓練を終えたフルールは、ドレスに着替え登城した。

ソリン王国の首都は中心に大きな湖があって、王城はその中の島に建っている。

青い湖面に白い城影が映る景色は美しく、跳ね橋を馬車で渡りながらフルールはうっとりと見惚れていた。

「――クラインが、申し訳ありません」

ジッと外を見ていると、一緒に馬車に乗っているスゥランが謝ってくる。

実は馬車に乗る前にクラインが自分も一緒に登城したいと言い出して、フルールを困らせたのだ。

「謝ることではないわ。クラインだって護衛騎士としてそろそろ同行してもいい頃合いですもの。

ただ、今日は夕食も一緒にとお誘いを受けているから、長い時間お城で待機させるのも可哀相かなと思って断ったのよ」

フルールの言葉を聞いたスゥランは、困ったような顔で笑う。

「長時間離れることになるからこそ、一緒に来たかったみたいですけどね」

「そうなの？　クラインったら仕事熱心なのね」

そう言われれば、剣術の訓練でいつまでも挑んでくるのも熱意の表れなのかもしれない。

どうやら彼は、フルールが思うよりずっと真面目な性格のようだ。

(ゲームでは、腕の立つ騎士だけれど遊び人みたいな感じだったのに。幼いときから自分に無関心なフルールの相手をさせられて、グレちゃったのよね。まあ、まだ十四歳だしそこまで捻くれていないのかしら？)

何はともあれ感心なことだと思う。次は必ず一緒に連れてこようと決意した。

「クラインは偉いわ。レインなんて王宮に近寄ろうともしないもの」

常にフルールの傍にいようとするクラインに比べ、義弟レインはフルールを避けているふしがある。特に王宮には決して同行しようとせず、どんなに誘っても首を縦に振ったことがなかった。

(いずれ次期ラウン公爵として正式に認められれば、出仕せずにはいられないのに。……そんなに私が嫌いなのかしら)

ゲームのフルールは、自分が王子の婚約者になったからといってラウン公爵家の家督を従弟に譲ることを納得していなかった。王妃となっても公爵を兼任するのは可能だと主張して、レインを邪険にしていたのだ。

（今の私は、そんなことをしていないのに、やっぱり悪役令嬢と攻略対象者が仲よくするのは難しいのかしら？）

落ち込みかけたフルールだが、顔をキッと上げる。

（ううん、そんなことないわ！　だって、リュークさまと私は、今のところとてもいい関係を築けているもの！）

だから大丈夫だと、フルールは心を奮わせる。

そうこうしているうちに馬車は城の入り口に到着した。

扉が開かれ降りようとしたところに、外からスッと手が差し伸べられる。

まだ大人になりきらない少年の、しかしフルールより大きな手だ。

「え？　――リュークさま？」

「ようこそフルール。ちょうどそこまで来たのでね。君の到着を待っていたんだよ」

フルールは、アメジストの目を大きく見開く。

慌ててリュークの手に掴まり馬車から降りた。

「申し訳ありません。まさかお待ちになっているとは思わず、遅くなりました」

頭を下げて謝罪する。

「大丈夫。それほど待ってはいないから。それに、ほら、ここから見る景色は美しい。少しも退屈しなかったよ」

首を横に振るリュークの視線の先には、湖の対岸に並ぶ王都の街並みが見えた。

白い壁に赤い屋根。統一性を持たせて建築された建物が並ぶ様子は、圧巻の一言だ。

しかし、王都の景色よりもリュークの優しい声のほうに、フルールはジンと胸を震わせた。

(ああ！　リュークさま、なんて素晴らしい方なのかしら！　政略上の婚約者をわざわざお出迎えになって、しかもこちらが気にしないように気遣ってくださるなんて！　もうっ！　もうっ！　やっぱり最高だわ!!　どうしよう？　好きが溢れすぎて……辛い！)

フルールは内心で狂喜乱舞した。

しかし、それはあくまで内心。表面上は、静かな表情でリュークの指さす先の景色に目を向けている。

そのまま暫し二人で景色を眺めた。

風がさわさわと、二人の間を優しく通りすぎる。

「……行こうか」

やがて声をかけられ、フルールはリュークのほうを向いた。

「はい」

自然に笑みが浮かぶ。

外に立っていて寒かったのだろう。リュークの耳が少し赤くなった。

まだ繋いでいた手を引かれ、フルールは城の内部へと歩き出す。

(どうしよう？　この手、洗えないわ！)

ぽわぽわと浮き立つ心を抑えられずに、フルールは足を運んだ。

そして、昼食に饗されたマドゥは、とても美味しかった。

カットされた生のものは、甘さと芳醇な香りが口いっぱいに広がり、とろりと舌の上でとろけて消える。プリンにしてもケーキにしても最高の味わいで、思わずほころぶ口元を引きしめるのが大変だった。

もちろん他の料理も素晴らしく、さすが王城の料理人は違うと、フルールは感心することしきり。彼女が言葉を尽くして料理を褒め称え感謝を伝えると、控えていた料理長は恐縮し、リュークが楽しそうに笑った。

「フルールが、こんなに饒舌に褒めるなんて珍しいね」

「あら、だってとても美味しかったのですもの」

それにフルールは、リュークのすぐ隣に座っているのだ。通常、貴族の食事は大きなテーブルの両端に座って食べるのだが、今日のリュークはマドゥの説明をしたいからと、わざわざ隣に腰かけてくれた。

(こんなに近くでリュークさまと食事ができるなんて！　舞い上がって饒舌になったとしても仕方ないじゃない！　推しとランチよ！　しかも、午後からずっと一緒で、ディナーまで食べられるの！　もうもう、どうしたらいいかわからないくらいだわ!?)

フルールは心からそう思う。

とはいえ、彼女の別名は氷姫。いくら興奮しているとはいえ、あまり騒いでは不審に思われるかもしれない。

（私のイメージも、ここ一年間でかなりソフトな方向に変えられたと思うんだけど、急に態度を崩しすぎたら病気を疑われるかもしれないわよね？　転地療養をすすめられてリュークさまのお傍を離れることにでもなったら……そんなの耐えられないわ！）

そうでなくとも、婚約者に相応しくないと判断されればそれだけで婚約破棄もあり得るのだ。ゲームが始まる前から婚約破棄されている悪役令嬢なんて、気の抜けたビールみたいなもの。なんの役にも立たない。

（ううん。気の抜けたビールはお料理に使うことができるけど、婚約破棄された私は使いものにならない。私ってビール以下なんだわ！）

そう思ったフルールは、気合を入れて表情を作った。

できるだけ冷たく見えるよう目元や口元を引きしめようとする。

しかし、やはり美味しいものを食べると、口角は上がり目尻が下がってしまう。

冷たい表情を作ろうとして作れず、結果、百面相のようになってしまうフルールの顔をリュークは面白そうに見つめていた。

「……あ、あんまり見られると恥ずかしいですわ」

大好きな推しから注がれる視線に耐えきれなくなったフルールは、ついに音を上げる。

頬がかなり熱いから、赤くなっているに違いない。

「ああ、すまないね。君がとても可愛らしかったから」

「か、可愛い⁉」

フルールは、素っ頓狂な声を上げた。

一年前とは違い、最近のリュークはよくこういうことを言ってくる。

(そんなっ⁉ どうしよう？ 嬉しすぎる！ ……でも、リュークさまったら、こんなに素直に『可愛い』なんていう甘い言葉を言ってくださる方だったかしら？ ヒロインが攻略するまでは、どこか近寄りがたい孤高の人だったはずなのに？)

少なくともフルールに対し『可愛い』などと言うキャラではなかった。

反面ヒロインに恋してからは、デロデロに甘い溺愛キャラになるのだが。

(だから前世の友人に、腹黒でヤンデレで魔王属性なんて言われちゃうのよね)

それでも、どんなリュークでも大好きなフルールだ。

「フルールは可愛いよ。美味しいものを食べると目が宝石のようにキラキラ輝くところも、赤い唇がもぐもぐと動くところも、それを隠そうとして隠しきれずにダダ洩れなところも、全部可愛いと思うな」

(キャアアアッ！)

フルールは、心の中で悲鳴を上げて顔を覆った。

『可愛い』の連続攻撃に、白旗を上げる。

「……リュ、リュークさま。いじめないでください」

何気にちょっと褒められていないのでは？　と思うところがあったものの、こんなふうに言われると、平静を装うこともできない。

「いじめてなんていないよ。フルールは本当に可愛いのだから仕方ない。ああ、耳まで真っ赤だね。とても可愛い」

「おっしゃらないでください！」

「ハハハ、ごめんね。……でも、私もいろいろ考えたんだ。――いつまで経っても見慣れることなどなく君の笑顔に胸が高鳴る理由とか、君が私以外の男性と一緒にいるだけで面白くないと感じる心の変化の原因とか、あと、そうそう、君にぴったりくっついて離れようとしない君の騎士候補くんや、私が近づくと睨みつけてくる義弟くんを見る度、蹴散らしたくなる感情がどこからくるのかとかを、じっくりとね。その結果、つまらないプライドにこだわって自分の本心を見失うべきじゃないってわかったのさ。まあ、誤魔化しきれなくなって開き直ったってことだけどね」

そう言いながら、リュークはフルールの頭を優しく撫でてくる。

そんなことをされたフルールの心臓はバクバクと高鳴って、頭はボーッと沸騰状態になった。

リュークの言葉の半分も、彼女の耳には入っていない。

（えっと？　リュークさまは何を言っているのかしら？　なんだか謝られているっぽいけれど、さっぱり理解できないわ！　……ああ、でも、リュークさまに撫でられるのって最高！　もうもう、めちゃくちゃ嬉しくて、細かいことはどうでもいいわ！）

思考を放棄したフルールは、顔を覆ったまま下を向き、いやいやと首を横に振る。

リュークがまた楽しそうな笑い声を上げた。

「本当に可愛いね。そんな姿を私以外に見せたらダメだよ」

こっそり耳元で囁かれる。

(キャァア！　それってゲーム後半にヒロインに言うセリフのはずなのに!!)

フルールは、心臓発作寸前だ。

「――――酷いです、リュークさま」

恨みがましく見上げる彼女に、リュークは満足そうな笑みを見せた。


その後、なんとか心臓発作を免れたフルールは、リュークと予定通り政治経済学の講義を受け、ダンスのレッスンを行った。

講義は二人とも至極真面目に受けたのだが、ダンスではどうしても距離が近くなってしまい、フルールはまたしても赤面しまくる羽目になる。

結果リュークから『可愛い』の連発をくらい、大ダメージを受けた。

(本当におかしいわ？　いえ、私的には、ものすごく！　最高に！　信じられないくらいに嬉しいけれど……ゲームのリュークさまと目の前のリュークさまの、私に対する態度が違いすぎるもの。いったいどうなっているの？)

そして、ディナーには、国王夫妻や上王も同席する。

上王というのは、退位した前国王のこと。今の国王の父であり、つまりは、リュークの祖父に当たる。

（要は隠居したおじいちゃんってことよね。上王などという存在がいるなんて、ゲームではわからなかったわ。……でも考えてみれば十五、六歳の子に祖父母がいるのは普通だし、存在を無視していた乙女ゲームのほうがおかしいのかしら？）

乙女ゲームに老人の需要がないということなのだろう。

十年前、当時の王妃だった妻の病をきっかけに上王は早々に息子に王位を譲った。玉座を捨ててまで看病した妻は残念ながら儚くなってしまったが、上王はその後も政治の舞台に戻ることはなく、表向きは国王の相談役となっている。

つまり、何一つ権力を持たない存在のはずなのだが……実際は違う。

（なんといっても所有している領地が広いのよね。領内には交通の要所がいくつもあるし、経済力だけ見ても公爵である私のお父さまより上なんじゃないかしら）

経験も実力もある上王の影響力は未だに強い。好好爺然とした風貌に騙されて侮ってはいけない相手だった。

幸いにして、リュークと国王、上王の仲は良好だ。近くに別邸を建て王宮を出て暮らしている上王だが、こうして家族一緒に食事をする機会もしばしばなほど。

（だからといって、公式の行事でもないのにその食事会に私が招待されること自体、ゲームではあり得なかったんだけど？　リュークさまだけじゃなく、国王夫妻や上王さまともそんなに親しかったなんて描写はどこにもなかったわ）

裏設定だとしても、そんな設定は不必要どころかむしろ邪魔だろう。

うんうんと悩むフルールの席は、またしてもリュークの隣。

「フルール、マドゥも美味しいけれど、このスリィルもなかなかだよ」

微笑みながらリュークがすすめてくれるのはイチゴに似た果実のスリィルだ。

当然美味しくないはずがなく、一口食べたフルールは目を輝かせる。

「気に入った？」

「はい。リュークさま。とっても美味しいです」

「君が喜んでくれると私も嬉しいよ」

口元をほころばせるフルールを見てリュークも嬉しそうだ。

目を見交わした国王夫妻と上王が、おかしそうに笑う。

「まったく。そなたらがこれほどに仲よくなるとは思わなかったな」

「ええ、本当に。二人ともあまり感情表現がうまくできないようだったから心配していたのですよ。でも、まったく杞憂でしたわね」

国王の言葉を受けた王妃にフフフと笑われて、フルールは困る。

「そんな！　王妃さま、私はともかくリュークさまは以前からずっと完璧なお方でしたわ。私へのご心配ならわかりますが、リュークさまへのご心配は無用だったと思います！」

急いで言い募ると、王妃は苦笑して首を横に振った。

「完璧な子どもなんて世界中どこにもいませんよ。リュークは、なまじ才能があるばかりに他人への批判が多い困った子でした」

「そうそう。我が孫ながらクソ生意気で可愛げのない子どもだと思ったものだ。あのまま育ったらどんな嫌な奴になるかと心配していたんだぞ」

よかったよかったと、上王がいささかオーバーアクションで胸を撫で下ろす。

その態度にリュークは、苦笑した。

「おじいさまも父上も母上も酷いですね。……まあ、否定はしませんが」

「リュークさま!」

まさかの容認発言に、フルールは驚く。

けれど、リュークは片目を瞑ってみせた。

「みんなの懸念はもっともなことだったからね。実際、君と婚約するまでの私は我ながら傲慢な子どもだったと思うよ。自分のことは棚に上げ君を批判していたくらいだ。……でも、君と婚約し共に過ごすようになって、日々鮮やかに変わっていく君を見てようやく私は自分が未熟だったと気づけたんだ」

そんなことがあるのだろうか?

(私は、そんなに変わった自覚はないけれど?)

フルールは、訳がわからず困惑する。

リュークが手を伸ばし、そんなフルールの頬に触れた。

「本当だよ」

フルールの頬は、たちまち熱くなる。

「……リュークさま！」

「可愛い」

うっとり見つめられて、フルールはますます困惑した。

（本当にこれはどういうことなのかしら？　私とリュークさまってこんな感じでいいの？）

国王と王妃、それに上王までもが微笑ましそうに見つめてくる。

温かな雰囲気に包まれたフルールは、自分の心の中にほんの少しの希望が膨らむのを感じた。

こんなに楽しそうなリュークの笑顔は、ゲームの中でも見たことがなかったから。

（ひょっとしたらこの世界は乙女ゲームの世界ではないのかもしれないわ。登場人物は同じでもゲームみたいな展開にはならなくて、私はリュークさまに婚約破棄されずに済むかもしれない）

そうだったら、どれほど幸せなことだろう。

しかし、万が一本当にそうだとして〝リューク〟は幸せになれるのか？

（リュークさまの幸せは、ヒロインと結ばれた後にしかないと思っていたけれど……）

目の前で笑うリュークを見ると、当たり前に信じていたことが疑問に思えてくる。

少なくとも、今のリュークがフルールと婚約破棄する未来を〝幸せ〟だと受け入れることはないように思えた。

（乙女ゲームの幸せは、絶対ではないのかもしれない⁉　……でも、このまま私といて、リュークさまは本当に幸せになれるのかしら？　私がリュークさまを幸せにできるの？）

今まで考えてもみなかった可能性への期待と不安で、心が震える。
とても信じられないことだけど——そうだといいなとフルールはこのとき思った。

そんなフルールの胸に微かに芽生えた希望が粉々に砕けたのは、学園に入学してすぐのことだった。

(私ったら、どうして忘れていたのかしら。そうよ、こういう世界にはあったじゃない。ヒロインに圧倒的に有利な『強制力』って力が)

心の中で乾いた笑いをこぼす。

だって、笑う以外ないからだ。

(なんでこの状況で、私がヒロインを突き飛ばして転ばせたみたいな話になっているの?)

乙女ゲームの『強制力』は、フルールの想像もつかないほど強い力だった。

——今日は入学式。

ゲームでは、荘厳な学園の雰囲気にのまれたヒロインがボーッとしながら歩いていて、攻略対象者のリュークにぶつかってしまうという出会いイベントが起こる日だ。

転びかけたヒロインをリュークが支え、互いに何かを感じて見つめあったところに悪役令嬢フルールが登場。不敬だという理由で、ヒロインを乱暴にリュークから引き離す。その弾みで転んだヒロインが怪我をして、それをリュークがお姫さま抱っこで保健室に運ぶというベタな展開までが、出会いイベントのシナリオだ。

（あれからいろいろ迷ったけれど、何がリューさまにとって本当の幸せかわからないうちは、乙女ゲームの展開をまったく否定するわけにもいかないわよね）

そう思ったフルールは、とりあえずこの出会いイベントの邪魔はしないことにする。

とはいえ、さすがに見ず知らずの少女を突き飛ばすのは嫌だった。

（リューさまがヒロインと幸せになるためには、やらなくっちゃいけないのかもしれないけれど……ううん、やっぱり私には無理だわ。私はイベントに登場しないで二人が出会うところを遠くから見つめるだけにしよう。わざわざ怪我をさせて、リューさまに保健室までお姫さま抱っこで運ばせなくても、出会いとしては十分なはずだもの）

別に、大好きなリュークが自分以外の誰かを抱き上げるところを見たくないとか、そんなことを思ったわけではない……と思う。

今でもフルールが望むのは、何よりリュークの幸せだ。

（とりあえず様子を見ることにしましょう。もしも二人がすれ違ったり、あっさり離れたりするようなら、私はそれから出ていけばいいわ）

そう思ったフルールは、リュークとは時間をずらして一人で登園する。

レインやクラインにも、それぞれヒロインとの出会いイベントがあるはずなので、別行動をお願いした。

（でも不思議だわ。レインったら、昨日までは『一緒に登園しよう』ってしつこいくらいに言ってきていたのに、今日になったらピタリと黙ったのよね？　クラインだって本来は私の護衛をしなくちゃだから、絶対最後までごねると思っていたのに、今朝は姿も見えなくて……なんだか拍子抜けしちゃったわ）

スゥランもクラインの態度を不思議がっていた。

フルールにとっては願ってもないことだったのだが、それでも疑問は疑問だ。

考えながら歩いていると、少し先にリュークの姿が見えた。

見つからないように距離を取り、ゆっくり歩いていく。

やがてゲームのシナリオ通りにヒロイン――プリムローズが現れた。

フルールは一面識もない相手だが、ゲームをやりこんでいた綾千はプリムローズの名前だけでなく容姿や性格もよく知っている。

何回も繰り返した乙女ゲームのイベント通り、リュークとプリムローズはぶつかった。

その後、二人はジッと見つめ合う。

（ああ、出会いイベントスチルそのままの光景だわ。やっぱり本当にここはゲームの世界なのね）

フルールの胸の中に、諦めにも似た重い塊（かたまり）が生まれた。

その塊（かたまり）が喉（のど）を塞（ふさ）ぐため、息がしづらくて苦しい。

だからなのか、フルールはその場から一歩も動けなくなる。

――そう、彼女はまったく動かなかったのだ。

当然、プリムローズには触れていないし話しかけてもいない。

なのに、しばらくリュークを見つめていたプリムローズが、突如バランスを崩し自ら転んだ。

「――え？」

驚いて見ているうちに、倒れたまま顔だけを上げたプリムローズは、真っすぐフルールに視線を向けてくる。

（なんで私を見ているの？　私、ヒロインとは初対面のはずよね？）

それなのに――

「ラウン公爵令嬢さま、いきなり突き飛ばすなんて酷いです！」

はっきり名前を呼ばれ、大声で非難された。

「は？」

目が点になってしまうのも仕方ないだろう。

思わずフルールは、キョロキョロと周囲を見渡した。

傍には誰もいないから、間違いなくプリムローズが見ているのはフルールなのだと思う。

（名指しされたから間違いないわよね？　……でも、どうして、私？）

頭の中に、疑問符が浮かぶ。

今、フルールのいる場所からリュークとプリムローズのところまでは、優に五メートルは離れている。いったいどれだけ手が長ければ、フルールがプリムローズを突き飛ばすことができたというのだろう？

（絶対、無理でしょう！）

そう思うのに、今度はリュークまでこちらを睨んできた。

「フルール！　君って人は、彼女に何をするんだ！」

怒鳴り声が聞こえて、体が萎縮する。

彼のこんなに冷たい声を聞くのは、初めてだ。

「え？　え？　……リューさま？」

フルールの顔から、血の気がザッと引いていく。

彼がいったい何を言い出したのか、さっぱりわからない。

「わ、私は何もしていませんわ！　第一、私の位置からではその方に触れることもできないではないですか！」

誰がどう見ても正しいはずの言葉を叫ぶ。

なのにリュークは不機嫌そうに眉をひそめた。

「言い訳なんて聞きたくない！　君がこんなに酷いことをする人間だとは思わなかった」

そう言うなりリュークはプリムローズを軽々と抱き上げる。そのままフルールに一瞥もくれることなく去っていった。

見送る以外に、いったい何ができただろう。

――やがて、呆然とする彼女の耳に周囲の声が聞こえてきた。

「酷いわ。やっぱりラウン公爵令嬢は、噂通りの氷姫なのね」

「え？　いや、今のって、あの子が勝手に自分で転んだよな？」

「何を言っているのよ。ラウン公爵令嬢が突き飛ばしたじゃない！」

「いやいや、無理だろう？　あの位置じゃ」

正反対の言葉が行き交っている。

どうやら見ていた人の中でも、フルールがプリムローズを転ばせたと思いこんでいる者とそうでない者がいるようだった。

ハッ！　と我に返ったフルールは、注意深く周りを見回す。

そして、彼女を責める発言をする者の顔に見覚えがあることに気がついた。

（ああ、そうだわ！　みんなゲームのスチルで見た顔じゃない！　名前も何年生かもわからないけれど、私が突き飛ばしたように見えた人はゲームの出会いシーンで周囲にいた人たちばかりだわ）

それに気づいたとたん、ストンと腑に落ちた。

（これは、ゲームの『強制力』なのね）

そう思う。

ゲームの『強制力』とは、物事の流れをゲームのシナリオ通りにしようと働く力のことだ。

どんなに抗おうとも抗えない神の力のようなもので、運命の同義語とも言える。

（前世で読んだラノベにそんな設定がよく出てきていたけれど……まさか、この世界にも『強制力』があるなんて夢にも思わなかったわ！　それも、なんて強い力なの！）

フルールは、誓ってプリムローズを転ばせてはいない。

なのに、たしかにそれを見ていたはずのリュークやプリムローズ、そして周囲の人間の一部までもが起こってもいない現象が起こったと誤認識しているのだ。

（ううん。それだけじゃないのかもしれないわ。……だってリューさま、とても冷たい目で私を見ていたもの）

今日までリュークとフルールは、良好な信頼関係を築き婚約者として親交を深めてきた。

それは、互いに互いを愛称で呼ぶほどに。

そう、最近のフルールはリュークを『リューさま』と呼び、リュークはフルールを『ルゥ』と呼んでいるのだ。それくらい二人は、心を通わせていた。

もしも昨日までのリュークだったなら、たとえ本当にフルールがプリムローズを突き飛ばしたとしても、きっと何か理由があるはずだと考えてくれたことだろう。頭ごなしに怒鳴ることなどせずに事情を聞き、そしてフルールを信じてくれたはず。

（でも、さっきのリューさまにそんな信頼は一切なかったわ。……それに、私を『ルゥ』と呼ばなかった）

おそらく、既に（すで）リュークの意思は『強制力』によって変えられているのだ。ゲームと同じように、フルールのことをただの政略上の婚約者でしかないと思っているに違いない。

（ひょっとして、レインやクラインが、今日急に素っ気なくなったのも『強制力』が働いたせいだったのかしら？　もう二人とも私を疎（うと）ましく思っている？　……そんな、私は何もしていないのに……酷（ひど）い！）

フルールの心が悲鳴を上げる。

出会ってからずっと、みんなと――リュークと積み重ねてきた思いが一瞬にして奪われたのだ。

一緒にダンスの特訓をしたことも。

机を並べて勉強したことも。

美味しい料理に笑顔になったことも。

みんなみんな、なかったことになってしまった。

――ゲームの『強制力』という、思ってもみなかった力で。

それに気づいたフルールは、とてつもない喪失感と無力感に襲われる。

(私が今日までしてきたことは、いったいなんだったのかしら？　何がリューさまの幸せなのかあんなに悩んで迷っていたのに……未来は最初から決まっていたなんて！)

自分のやったことのすべてが無駄だったのだ。落ちこむのも無理はない。

それでも、このときのフルールは、まだ完全に絶望してはいなかった。

入学式の出会いイベントでは『強制力』が働いてしまったが、いつもそうとは限らないと思っていたからだ。

(『強制力』が効いていない人もいるみたいだし、何より私には影響がないんだもの。リューさまだって、きちんと話して説明すれば私に悪意がないってわかってくれるかもしれないわ)

フルールは、乙女ゲームのシナリオを完全に変えようと思っているわけではない。

北方の属国に嫁がされて死ぬ運命は嫌だけど、どうしても婚約破棄したくない！　とか、ヒロインに〝ざまぁ〟したい！　とか、思っているわけではないのだ。

（私の一番の希望はリューさまの幸せだもの。乙女ゲームのシナリオ通りヒロインと結ばれることがリューさまにとって一番の幸せだってわかればちゃんと引き下がれるし、むしろ協力だってできるわ！）

だから、きっと大丈夫だ。

リュークに嫌われ憎まれることは、頑張れば回避できるはず！

そう信じ希望を心に言い聞かせる。

そうでなければ絶望に崩れ落ちてしまいそうだ。

わずかに残った可能性を、フルールは必死に信じようとした。

しかし、その後もフルールは、『強制力』を前に敗北を喫し続けた。

たとえば、入学式から一週間後に起こった、プリムローズが学園の中庭で野花を摘みそれをリュークに捧げるというイベント。

このときゲームのフルールは、プリムローズの作った野花の花束を貧相だと貶し、彼女の手から取り上げて地面に叩き落とした。そしてプリムローズの不敬な態度を責めるのだ。

もちろん、誓って現実のフルールはそんなことをしなかったし、中庭に近づくことさえ避けた。

（出会いイベントのときは、多少離れていたけれどそこにいたからイベントに巻きこまれたのよ。現場にいなければ、どうしたって私のせいにはできないでしょう）

ところが、いつの間にか教室のフルールの机の上にしおれた野花の花束が載せられていた。

そしてそれを見たプリムローズが、自分がリュークのために摘んだ花をフルールが取り上げ枯らしたのだと言って泣き出したのだ。

プリムローズの言葉をそっくりそのまま信じたリュークは、フルールをクラスメートの前で厳しく非難する。

「豪華な花ばかりを愛でて野に咲く花の風情も解せぬなど、あまりに乏しい感性だ。君のような人が私の婚約者だとは嘆かわしい」

フルールの言い訳は、一切聞いてもらえなかった。

また一ヶ月後にあった図書館イベントでは、図書館の中に入ったこともないフルールが、プリムローズが上っていた三脚が壊れるように細工をしたのだと疑われた。

本を取ろうと三脚を使っていたプリムローズが危うく転倒するところを、リュークに助けられるというのが図書館イベントなのだ。

たしかに、ゲームの中で三脚に細工をしたのは間違いなくフルールだったのだが、リュークからの信頼を取り戻したいと願う今の彼女が、そんなことをするはずがない。

「酷いです。ラウン公爵令嬢さま」

泣きながら責められてもフルールは困惑するばかりだ。

「なぜ、私がそんなことをしなければならないのですか？」

聞き返すと、プリムローズは怯えたように体を震わせる。

そんな彼女を庇ってリュークが前に出た。

「フルール、君が最近私と一緒にいるプリムローズを面白く思っていなかったことはわかっているんだ。理由は嫉妬だろう」

「だからと言って誰が使うかもわからない三脚に細工をするなんて、そんな愚かなことを〝私〟はいたしませんわ」

百歩譲ってフルールが図書館の三脚に細工をしたとしても、その三脚をプリムローズが使う確率はどのくらいなのか？　図書館イベントが起こった日以前に、プリムローズが図書館に通う姿なんて、フルールは見たことも聞いたこともない。

誰が考えても穴だらけの杜撰な計画を、フルールが立てるなんてありえなかった。

しかし、そこはスルリと無視される。

「プリムローズに嫉妬していたことは否定しないのだな？」

問題は、そこじゃない！

物事の本質を見抜く鋭い目をもっていたはずのリュークは、いったいどこにいったのか？

フルールは落胆を隠しきれなかった。

そして一事が万事。

すべてがその調子で、フルールは徐々に憔悴していくことになる。

しかも、思っていた通り、『強制力』はリュークのみでなく他の攻略対象者にも及んでいた。

元々それほど親しくないと思っていたレインは、それでも必ず一緒に取っていた朝食の席に姿を見せなくなり、フルールを守るべき護衛騎士のはずのクラインもまた然り。

「――クライン！」

「うるさい、俺を呼ぶな！　登園時の護衛任務は終わったんだ。後は帰るまで用はないだろう！」

そんなはずはない。

クラインは、学園内でもフルールの護衛をするべく雇われているのだから。

そのために学園にも入学させてもらえたのだ。登下校だけなら学園に入らなくてもできる。

「だいたい、お前は俺より強いんだ。そもそも護衛なんて必要ないはずだろう？　……俺が守ってあげなきゃならないのは、プリムローズみたいなか弱い令嬢だ」

冷たい目をしてそう言ったクラインは、フルールを置いて歩き出す。

(そんな！　クラインは一生懸命訓練して剣の腕も私と比べても遜色ないほど強くなったって、あんなに喜んでいたのに)

自分の努力を自分で否定するほど、彼はフルールと一緒にいたくないのだ。

呆然として見送っていると、後ろ姿のクラインが大きく手を振るのが見えた。

彼の視線の先にいたのはプリムローズで、ストロベリーブロンドの頭を上げた少女は、クラインに対して嬉しそうに手を振り返す。

そちらを見たフルールは、思わず息を呑んだ。

プリムローズの隣には、当然のようにリュークが付き添っていたからだ。

合流した三人は、プリムローズを中心に楽しそうに笑って歩き出す。

立ち尽くす以外の何がフルールにできただろう。

見つめる先でプリムローズが僅かに振り返った。

赤い唇が三日月のような弧を描くのが見える。

――クスリと、聞こえるはずのない笑い声が聞こえたような気がした。

哀れむように見下すように可憐な少女は笑い、フルールの大切だった人たちを引き連れて去っていった。


結局、その日の帰りにクラインは現れなかった。

学園に入学してから既に三ヶ月が過ぎていて、彼が護衛任務をサボる回数は日々増えている。

(職務怠慢だわ。お父さまに知られれば我が家をクビになってもおかしくないことなのに……でもお父さまもゲームに登場していたから、『強制力』が働いてお咎めなしかもしれないわね)

フルールの父の出番は彼女が婚約破棄された後だ。

冷たい目で娘を睨み、卒業後、北の属国に嫁ぐようにと告げてくる。

たとえチョイ役やエキストラとしてでもゲームに出ていた人は、『強制力』に従わせられていた。

それについては検証済みで、『強制力』の影響を受ける人間の数は思っていた以上に多い。

(卒業式はもちろん、学園祭とか体育祭とかに学生や教師がたくさん描かれていたものね。全然出番がなくて『強制力』の影響を受けない人たちもいるけれど……彼らも、おかしいと思いつつ多数意見に流されちゃうみたいだし)

人間は弱い。

自分が白いと思うものでも、周囲の多くの人が黒いと言ったなら、やっぱり「黒い」と言ってしまうものなのだ。

(そういうふうに仕向けているのも『強制力』なのかもしれないわ)

「あ～あ、なんだかもう疲れちゃった」

自室に帰り、ボスンとベッドにダイブしながらフルールは口走る。

公爵令嬢としてはいささか品のない行いだが、何をどうやっても悪役令嬢にされてしまうのだから、疲れるのも無理はない。

「――あら？　お嬢さま、お帰りになっていたんですか。それにしてはクラインが見えないみたいですけれど？」

音が聞こえたのだろう、部屋を覗いたスゥランが呆れた顔を向けてきた。

彼女は、『強制力』の影響を受けない側の人物だ。

(ゲームにクラインの姉の話はあったけど、本人は登場しなかったものね)

そう思いつつ体を起こす。

「クラインとは一緒に帰ってこなかったのよ」

スゥランが驚いた表情になる。

「ええ！　どうしてですか？」

「さあ？　学園に用があったのではない？」

「それをお嬢さまに伝えずに別行動しているのですか？　護衛の役目も放り出して？　まったくあの子ったら、帰ってきたらお仕置きだわ！」

プンプンと怒りだすスゥランを見て、フルールはホッとする。

ここに変わらない人がいるのだ。

これまでのフルールの努力を知っていて認めてくれ好きでいてくれる人がいるということが、どんなにありがたいことなのか、初めてわかった気がした。

「スゥラン、ありがとう」

「え？　いきなりどうしたんですか、お嬢さま？」

「なんでもないの。ただ言ってみたかっただけ」

ポツンと呟く。

怪訝そうに見てくるスゥランに向き合っているうちに、視界がぼやけてきた。

（あ、……いけない）

思ったときにはもう遅く、涙がポロリと頬を伝い落ちる。

「お嬢さま！」

「ご、ごめんなさい。なんでもないの」

慌てて頬を拭い誤魔化すが、涙は止まらなかった。

「なんでもないはずないじゃないですか！　お嬢さまが泣くなんてよほどのことですよ。いったいどうなさったんですか？」

「本当に、なんでもないのよ！　だから、放っておい——あ！」

言っている途中で、スゥランに抱きしめられる。

「お嬢さま。……フルールさま。大丈夫です。私が、ここにいます」

「………スゥラン」

「私がこうしています。だから泣いてもいいんです。泣くのを我慢したりしないでください！」

スゥランは、お姉ちゃんだ。

昔からいつでもフルールを甘やかしてくれる。

「スゥラン」

「はいはい。大丈夫ですよ。泣きたいときは泣けばいいんです。誰もそれでお嬢さまを責めたりなんてしません。そんな奴がいたら、私が殴ってやります」

「スゥランが？」

「ええ。当然ですとも」

フルールは、泣き笑いになった。

クラインならともかく、スゥランにリュークは殴れないだろう。

それでも、彼女のその心が嬉しい。

「ありがとう。それなら安心ね。……私、自分で思っているより追い詰められていたみたい。もう少しこうしていてもいい？」

「もちろんですよ。思う存分泣いて、甘えてください」

フルールを抱くスゥランの手に力が入る。

「泣いて、泣いて、泣きやんだら……洗いざらい私に話してくだされば、それでいいんです」

まるで逃がさないと言うように抱きしめられて、フルールはハッとした。

「……え？」

「お嬢さま、どうしてそんなに泣くことになったのか、ちゃんと聞かせてくださいね」

スゥランの笑顔が、恐い。

「ス、スゥラン。………そ、その、きっと話しても信じてもらえないから」

「信じますよ！　天地神明に誓います。だから話してくださいね！」

「スゥラン――」

「いいですね？　お嬢さま」

笑顔で迫られ、頷く以外できないフルールだった。

結果、スゥランに全部話すことになったフルールだが、どうせ信じてもらえないだろうと思っていた。

(信じられないって言われたら、冗談でしたってことにして、後は適当に誤魔化せばいいわよね？)

フルールに前世があり、この世界が前世でプレイしていた乙女ゲームの世界だなんていう荒唐無稽な話は、いくらスゥランだって受け入れられるはずがない。

二人で並んでベッドに腰かけてポツリポツリと話して、一時間ほど。

ようやく話し終えると、スゥランはしばらく黙りこんだ。

沈黙が、長い。

（……もう！　わかっているから！　こんな話、私だって自分のことじゃなけりゃ信じられないもの。早く「冗談もほどほどにしてください！」って、叱ってよ！）

ジリジリとしながらスゥランの怒鳴り声を待っていると、思いもかけず静かな声が聞こえてきた。

「……それでクラインは――あの〝愚弟〟は、お嬢さまと一緒に帰ってこなかったんですか？」

「へ？」

思わず聞き返すと、スゥランが、バッ！　と立ち上がる。

「殴ってきます！」

「え？　え？　えぇっ？　――ま、待って！　スゥラン！」

「止めないでください！　あんな弟！　殴り殺してやらなきゃ、気が済みません！」

いやいや、全力で待ってほしいと、フルールは思う。

だいたい「殴る」から、なんで一気に「殴り殺す」に進化しているのか？

「スゥラン！　頼むから待ってちょうだい。あなたが本気で殴ったらクラインは死んじゃうかもしれないわ」

平民ながら王立学園を優秀な成績で卒業しているスゥランは、実は武芸の嗜みもある――ということに、世間的にはなっている。嗜みどころか、その実力がここ数年間の学園の卒業生でも一、二を争うものであることは、公然の秘密だ。

スゥランが最優秀卒業生になれなかった理由は、ただ一点、平民であったため。

おかげで、スゥランと同じ年に学園を卒業した王侯貴族たちは、誰一人スゥランに頭が上がらないというのが、隠された事実である。

おまけにクラインは小さな頃からの刷り込みで、絶対姉には敵わないと思いこまされていた。

「クラインが、ボロボロになってゴミ箱に捨てられる未来しか想像できないんだけど！」

「いやですね、お嬢さま。ゴミ箱になんて捨てるはずがありませんでしょう？　ゴミ箱が汚れてしまいますからね。あんなクズ弟、即行下水に流しますよ」

「ダメよ！　下水が詰まってしまうわ！」

（――って！　そうじゃないだろ！　自分！）

咄嗟に反論したフルールは、自分の言った内容に自分でツッコんだ。

セルフツッコミは、地味に疲れる。

しかし、おかげでスゥランの暴走も止まった。

「……下水が詰まるって、さすがに酷くありませんか、お嬢さま？」

「そもそも、スゥランが下水に流すって言ったんでしょう！」

二人見つめ合い、やがてプッと噴き出す。

「――というか、信じてくれるのね？　スゥラン」

目尻に浮かんだ笑い涙を拭いながら聞くと、スゥランは大きく息を吐き出した。

「正直、信じ難いお話です。でも、私のお嬢さまは、こんな嘘をつく方ではありませんから」

信頼が、とても嬉しい。

「まあ、嘘だとしても荒唐無稽すぎて、こんな話は誰も思いつかないだろうってところもありますけどね」

残念ながら、前世ではこういった小説はベタにあった。

「そうでもないと思うけど？」

「そうに決まっていますよ！　もしも、これが全部お嬢さまの考えた嘘ならば、私はお嬢さまの想像力を尊敬します」

まあ、この世界ではそれが普通なのだろう。

なんにしても、スゥランに信じてもらえたことで、フルールの気持ちは一気に楽になった。

これで一人で悩まないで済むかと思えば、自然に感謝の言葉が口をつく。

「ありがとう、スゥラン」

「お礼を言うのは、まだ早いですよ。……まさかお嬢さま、このまま悪役令嬢とかの罪を被せられて泣き寝入りするおつもりではありませんよね？」

スゥランの表情は真剣だ。絶対そんなことは許さないという決意が見て取れる。

もちろんフルールだって、今まで『強制力』にはいろいろ抗ってきた。

それでもその悉くに失敗してしまったのだ。正直、疲れてクタクタだ。

「……う～ん、なんかもうね。婚約破棄されて追放されてもいいかなぁって、気がしているのよ」

「お嬢さま！」

血相を変えるスゥランに、力なく笑ってみせる。

「元々、『強制力』が働く前から、リューさま――ううん、リューク殿下と私が結ばれるのは、うまくないいんじゃないかなって思っていたし、少なくともゲームの展開上、それはリューク殿下の幸せにはならなかった。……それに、私の幸せにもならないみたいだから」

攻略対象者が複数いる乙女ゲームでは、攻略相手によってキャラクターの辿る運命が変わるのが普通だ。

一年生終了時に攻略対象を三人に絞る『月の虹』において、その三人の中にリュークが入らなかった場合、フルールは婚約破棄されない。

そして、リュークは物語のメインストーリーから外れ、ほとんど出番がなくなるのだ。

（ルートから外れたリューさまと私がどうなったのかは、特にゲーム上で言及されていなかったけれど、あのまま結婚したとしてもうまくいかなかったんじゃないのかしら？）

その証拠に、世界を破滅の危機から救い凱旋したヒロインたちを出迎える王太子リュークの隣にフルールの姿はなかった。

もしも婚約破棄されず結婚していたとしたら、フルールは王太子妃だ。なのに、国を挙げての歓迎式典に姿を見せないなど、何かあったとしか思えない。

（結局婚約破棄したのか、それとも公式の場でも並ばないほど仲が悪いのか。……どっちにしろ私たちが幸せになったとは思えないのよね）

それでも『強制力』の存在を知るまでは、婚約破棄されるにしろされないにしろ、リュークと良好な関係を築き幸せになることができると、フルールは信じていた。

最初は諦めていたリュークの妃となり一生添い遂げる夢のような未来さえも可能ではないかとさえ思ってしまうくらい、リュークはフルールに好意を寄せてくれていたから。

(そうよ。私たち、とても仲のいい婚約者だったもの。リューさまは、私に甘くっていつだって優しく見つめてくださった。甘すぎるんじゃないかって思っていたくらいだったのに！)

あの頃のリュークを思い出すだけでも、フルールの心はキュンと切なく痛む。

これで本当にいいのかと迷いながらも、とても幸せな日々だった。

(でも……ダメよ。あんな反則技みたいに強力な『強制力』が働いたら、もう敵いっこないわ)

脳裏に浮かぶのは、今のリュークがフルールに向ける冷たい目だ。

凍てついた冬の湖のごとき温度のない碧。

思わずフルールは、自分で自分の体を抱きしめる。

胸が痛くて苦しくて、そうしないではいられなかった。

――リュークが悪いわけではない。

もちろんフルールだって、悪くない。

ただ、『強制力』が強すぎただけ。

(元々、私がリューさまと結ばれたいなんて思ったのが間違いだったのかもしれない)

自嘲の笑みがこぼれる。

「お嬢さま！　それではその理不尽な『強制力』とやらに、お嬢さまは何もせずに白旗を上げてしまうおつもりなのですか？」

鬼気迫る勢いで、スウランが聞いてきた。

彼女の怒りはフルールを大切に思ってくれている証。

それを嬉しく思いながら、フルールは首を……〝横〟に振った。

「さすがに、それは嫌だわ」

キッパリと告げる。

『強制力』は、絶対だ。

フルールのどんな努力も、その力の前には無になってしまう。

だから、自分が悪役令嬢でいずれは婚約破棄されてしまうことは受け入れる。

でも、だからといって無条件に白旗を振るのは嫌なのだ。

(絶対、一矢報いてやる！)

「お嬢さま！」

今度は、スウランの顔に喜色が溢れた。

ころころ変わる表情を楽しく見ながら、フルールは話し出す。

「でもね。リューク殿下のことは本当にもういいのよ。元々あの方は、私の〝推し〟なのだから。生きてそこにいてくだされば、それだけで幸せな存在なの！　へんな期待をしちゃった分、胸がギュウッとしめつけられて泣きたくなったり——死にたくなったりするほど辛いけど……まあ、それも〝推し〟のくれた痛みだと思えば感無量のところもあるしね」

胸を押さえながら語るフルールに、スゥランはなんとも言えない残念そうな目を向けてきた。

「お嬢さまに、自虐趣味がおありだとは思いませんでした」

「もうっ！　違うわよ。お相手がリューク殿下だからこそよ！　その証拠に、クラインやレインに対しては、無茶苦茶腹が立つだけだもの」

もちろん、クラインもレインだって悪くない。

悪くないけれど、それに不快感を覚えるかどうかはまた別問題だ。

(どんなに悲しくとも苦しくとも、それを許せるのは、リューさまが私の尊い〝推し〟で、最愛の人だからだわ！　同じことを他の人にされたら普通に怒るわよ)

フルールの言葉を聞いたスゥランは、大きなため息をつく。

「……愚弟とはいえ、相変わらず不憫な子」

いったいそれはどういう意味だろう？

どう不憫なのか聞こうと思ったのだが、その前に顔を上げたスゥランに反対に聞かれてしまった。

「では、どうなさるおつもりですか？」

フルールは、ニヤリと笑う。

「そうね。必要なのは足場固めかしら？　婚約破棄されて学園を卒業しても、属国に厄介払いされないように、今のうちに顔を売っておくわ。……『強制力』にも意趣返しがしたいし」

「意趣返し？」

「ええ。――私、上王さまにお会いしようと思うの」

フルールの宣言に、スゥランは目を見開いた。

この世界に生まれて、実際にその存在を聞かせてもらうまで、フルールは上王を知らなかった。

つまり、上王はゲームにまったく出てこなかった人物だ。

(『強制力』の影響を受けないのは、間違いないわね)

幸いにもフルールは、王太子の婚約者として何度も上王と会っていた。面会希望を出せばすぐに了承されるくらいに、顔が利く。

スゥランに乙女ゲームの秘密を話した三日後。

王宮内の上王に特別に与えられた部屋で、フルールは上王と会っていた。

人払いをお願いし、スゥランに語ったのと同じ内容を、もっと要点をまとめ整理して伝える。

黙って聞き終えた上王は、形のよい眉をひそめた。

「……にわかには信じ難い話だな」

それでも、頭ごなしに「世迷い言を申すな!」と怒鳴られなかっただけマシだろう。

いや、たぶん――

「上王さまにおかれては、思い当たるところがおありなのではないですか?」

だから、こんな荒唐無稽な話を怒らずに聞いてくれるのだと、フルールは察する。

果たして、上王は深いため息をつきながら額に手を当てた。

「学園に入学してからのリュークは、明らかにおかしいからな。――周囲の意見を聞かず独善的な判断をする。決まり切ったことはスムーズにこなすがイレギュラーなことには対応ができず、しかも間違ったとしても自分の非を決して認めようとしない。――まるで、フルール嬢、そなたに出会う前の子どもの頃のリュークに戻ったかのようなことばかりしでかしている。しかもそのことをフィリップに相談すれば、『そんなことはありません』と大真面目に返しよる」

フィリップというのは国王の名前だ。上王にとっては息子になる。

おそらく今のリュークの性格は、ゲームで設定された『リューク』になっているのだと思われた。ゲームでは冷静沈着で優秀、完全無比の王太子と言われていたリュークだが、きっと彼の中からは、フルールと一緒に経験してきた多くの出来事が欠落させられてしまったのだ。

（人間は経験することで学び成長する生き物だもの。植え付けられた知識だけで対応できないことがあっても不思議じゃないわ）

明らかな変化だが、ゲームに登場した人物――国王などは、その不具合を認められないでいるのだろう。

「王妃もまた同じだ。重臣たちは真っ二つに割れておる」

王妃も少しだけだがゲームに出ていた。臣下の中にもゲームに描かれた者とそうでない者がいるのはわかっている。

そう、こうなっているだろうことはフルールの想定内だった。

上王は、グリグリと頭が痛むかのように片手で眉間(みけん)を揉(も)む。

もう一度ため息をついて、顔を上げた。

「とはいえ、そのことだけでそなたの話が本当だと決めつけることはできぬ。他に証明できるものはないか？」

上王に問われたフルールは、部屋の壁にかかっている大きな時計を見上げる。

時間を確認し、小さく微笑んだ。

「きっと、もうすぐわかっていただけると思いますわ」

「わかる？」

「はい。学園から王宮までは馬車で二十分ほど。誰より私の言葉を証明してくれる人が、もうすぐやってこられますもの」

上王は、不思議そうに首を傾げる。

――実は、今日はとあるイベントが起こる日なのだ。

だからフルールはこの日を選び、上王と面会した。

これからここにやってくる〝彼〟を自分の証人とするために。

そんなことを話していると、予想通り遠くから騒々しい音が近づいてくる。

「――ここか！　フルール・ドゥ・ラウン公爵令嬢！」

無作法にも、いきなり上王の部屋の扉を開いたのは、リュークだ。

通常王族の部屋を訪ねる際には、まず伺いを立て、前触れを出してから訪問するのが礼儀だ。

可愛い孫とはいえあまりの傍若無人さに、さすがの上王も眉をひそめる。

「断りもないとは無礼であろう。何事だ？　リューク！」

上王の明らかな叱責にも、リュークは怯まなかった。

「おじいさま、申し訳ありません。しかし、私は一刻も早くこの卑怯者を拘束しなければならないのです！」

そう言ってリュークが睨むのは、当然フルールだ。

「ラウン公爵令嬢が、どうしたというのだ？」

上王の問いかけに対して、リュークはビシッとフルールを指さした。

「彼女——フルール・ドゥ・ラウン公爵令嬢は、学園の階段からプリムローズ・ラモー伯爵令嬢を突き落としたのです！　幸いにして、大きな怪我はありませんでしたが、可哀相にプリムローズは酷く怯えています」

とんでもない濡れ衣だ。

フルールは、呆れる。

「証拠は、あるのか？」

同じように思っているのだろう、表情を厳しくしたまま上王が聞いた。

「もちろんです！　彼女がやったところを見たという目撃証人がたくさんいます」

鬼の首を取ったかのように、リュークは断言する。

「——それは、いつ頃のことですか？」

冷静にフルールはたずねた。

「白々しい。……ハア～、まあいい。今から三十分ほど前だ。事件が起こり、とりあえずの処置だけして、君の居場所を聞き出し急いで駆けつけてきたからな」

フルールを睨みながら、リュークが話す。

上王は首を横に振った。

「それは不可能だ。ラウン公爵令嬢は、その頃私と一緒にこの部屋にいたのだからな」

リュークがグッと息を呑んだ。

しばし声を失っていたが、やがてハッとしたように顔を上げる。

「で、では！　彼女が誰か配下の者に命じてプリムローズを害したのです！　己が罪を逃れるために他人を使って隠蔽を謀るなど、ますます許しがたい！」

上王は、ため息をつきつつ頭を抱えた。

「お前は、いったい何を言っている？　つい今ほど、ラウン公爵令嬢がやったところを見たという証人がいると言っただろう？　彼女が配下に命じたとして、どうしてわざわざ自分に似た人間に命じる必要がある？　隠蔽を謀るなら自分とは似ても似つかぬ者にやらせるに決まっている」

正論である。

「そ、それは――」

リュークは反論できずに口ごもった。目がうろうろと左右に彷徨う。

「――ともかく！　彼女が犯人だということはわかっているのです！　健気で優しく可憐なプリムローズを害するなど、愚劣極まりない犯行です！」

……どうやら、論理的な追及は諦めたらしかった。

そんな思いこみで犯人が断定できるなら、世の中に治安維持組織はいらない。

「愚劣なのは、お前のほうだ！　……もういい。誰か、ある！　リュークを叩き出せ！」

ついに上王はリュークを怒鳴りつけた。開いていた扉に向かい声を出す。

「そんな！　おじいさま、私はフルールに罰を与えなければ——」

「罰を与えられるのは、お前だ。いいから下がれ！」

上王の本気の怒りと、その声を聞いて集まった騎士たちを見て、リュークは仕方なく部屋を出ていった。

退室間際にフルールを悔しそうに睨みつけ、足音荒く去っていく姿は、捨てゼリフを吐き忘れた小物の悪役みたいである。

なのに、そんなところも素敵だと思ってしまうフルールは、ちょっと、いや、だいぶおかしい。

孫を見送った上王は、座っていた椅子に深く沈み込んだ。

「…………これか、そなたが用意した〝証明〟は」

疲れきった声で呟く。

その姿は、先ほどよりずいぶん小さく見える。

フルールは深く頭を下げた。

「ご心痛をおかけしてしまったこと、お詫び申し上げます」

「よい。そなたが謝ることではない。むしろ謝るのはこちらのほうだ。……愚かな孫が、申し訳ないことをしたな」

上王に頭を下げられたフルールは、慌てて首を横に振る。

「いいえ。……それに大丈夫です。だって、リューク殿下は私の〝推し〟ですから！」

思わずそう言ってしまった。

「推し？」

上王は、キョトンとして言葉を返す。

フルールは大きく頷いた。

「ええ！　推しとは、心の底から愛する人、無償の愛を捧げられる人のことを指す言葉ですわ！　その人が何をしてくれなくとも、そして何をしてもかまわないのです！　生きて存在してくれているだけで十分な存在！　リューク殿下は、私にとって正にそういう方なのです！」

テンション高く語る。

上王は面食らったような顔をした。

「そ、そうなのか？　……しかし、そなたはそれでいいのか？」

「ええ！　たしかに謂れもなく責められて、心は壊れそうなくらい軋み、悲鳴を上げていますけれど……でもその痛みさえもリューク殿下が与えてくださったものと思えば、耐えられるのですわ。なんと言っても、リューク殿下は私の〝推し〟ですから！」

『推し』という一言で、大抵のことは乗り越えられる。

我ながら滅茶苦茶だと思うのだが、フルールは大真面目だ。

部屋の中が、シンと静まりかえる。

やがて、椅子に深く沈んでいた上王がゆっくりと体を起こした。

「……やはり、謝ろう。そなたが傷ついているのは間違いないようだからな」

もう一度頭を深く下げてくる。

フルールは狼狽えた。

そんなことをされたら、泣きたくなってしまうではないか。

幸いなことに上王はすぐに頭を上げてくれ、フルールを見て困ったように笑う。

「私としては、今すぐにでもそなたとリュークの婚約を解消し、そなたに害が及ばぬように守ってやりたいのだがな。その上で、リュークは廃嫡。国境の砦にでも派遣して性根を叩き直してやる！　──と、言いたいところだが、そなたは望まぬのだろうな」

フルールは、「はい」と頷いた。

望まないのはもちろんだが、現実的に考えても無理だろう。

王太子を廃嫡するためには、国王の許可がいる。

いくら上王が主張しても、『強制力』の支配下にある国王が首を縦に振るとは思えない。

フルールの考えを見抜いたのか、上王が獰猛な笑みを浮かべた。

「なに、やりようはいくらでもあるのだぞ？　玉座の一つくらい、この手に取り返すのは造作もないことだからな」

「絶対におやめください！」

フルールは焦って制止した。

今でこそ平和を享受するソリン王国だが、一昔前は北方諸国と過酷な戦争を繰り広げていた。当時王太子だった上王がその戦で八面六臂(はちめんろっぴ)の活躍をし英雄と呼ばれていたのは、あまりにも有名な話だ。

(しかも、上王さまの真価は華々しい実戦よりもその準備段階に発揮されたって言われているんだもの。要は策謀を巡(めぐ)らすのが好きな軍略家ってことよね？　そんな実戦経験豊富な上王さま相手では、国王陛下もリューさまも一捻(ひとひね)りでやっつけられちゃうわ)

本気で止めるフルールの姿に、上王は「ハハハ！」と楽しそうに笑った。

「優しいそなたに感謝しよう。……もっともリュークは、このままにしておけば、『強制力』とやらから解放されて自我を取り戻したとたん、己が所業を悔いて自害しそうな気もするがな」

そんなことを楽しそうに言わないでほしい。

実は、それはフルールも気にしていたことなのだ。

恨みがましく見つめると、上王はもう一度笑った。

そして急に表情を引きしめる。

「それはともかくとして、正直なところこの『強制力』は解けるのか？」

そこが一番聞きたいことだろう。

「………と思います」

フルールは慎重に頷(うなず)く。

ゲームが始まる以前、『強制力』は欠片(かけら)も感じられなかった。それが、入学すると同時にあっという間にリュークやレイン、クラインたちを制して、神のごとき力を見せつけたのだ。

（これだけ強いのにゲーム以前になんの影響も与えられなかったってことは、本当にゲームの間だけの力だっていう可能性が高いのよね？）

課せられる制約が多いほど力が強くなるのは、この世界の理だ。

魔法も、発動条件や制約が厳しければ厳しいほどより強い力となる。

（最上級魔法なんて発動するための呪文がやたら長くて複雑なのに、一分しか使えないとか、水場の近くじゃないとダメとか、制約が多くて、ホント使い勝手が悪いもの）

そう考えると、ゲームの『強制力』に『ゲーム期間中のみ』とか『ゲームに出ている人だけ』とかいう制約があっても不思議ではない。

そんなことを説明すると、上王は一つ頷いた。

「フム。ではそなたの願いは、『強制力』が消えるまで私にそなたを庇ってほしいということでいいのかな？」

フルールの顔を覗きこんでくる。

「私にこの話をしにきたということは、何かしら力になってほしくてきたのだろう？」

そのこと自体は間違いではない。

もっとも、頼みたい内容はまったく違った。

フルールは、上王の顔を真っすぐ見返す。

「私の願いは三つです。聞いていただけますでしょうか？」

「孫と息子があの体たらくなのだ。私にできることならなんでもしよう」

大変、太っ腹な上王さまである。

その言葉に安心してフルールは話し出した。

「一つ目は、学園を卒業後、私を属国へ嫁がせないでほしいということです」

これに、上王はすぐに頷く。

「もちろんだ。属国だけではない。国の内外を問わずそなたの望まぬところには決して嫁がせないことを、我が名において約束しよう。……しかし、嫁ぐ？『強制力』がなくなってもリュークとよりを戻すつもりはないということなのか？　いや、もちろんあんな愚孫を見捨ててくれても一切文句はないのだが……あいつは、その、そなたの〝推し〟とやらなのだろう？」

不思議そうに聞いてきた上王に、フルールは苦笑を返した。

「推しだからこそですわ。私の望みはリューク殿下の幸せですから。『強制力』がなくなったからといって、彼のヒロインへの想いがなくなるとは限りませんもの。私は、リューク殿下を自分に縛り付けたくないんです！」

その言葉を聞いた上王は複雑そうな顔をする。

「そうか。私としては、そなたがリュークを尻に敷き、女王としてこの国を導いてくれるなら幸いだと思っているのだが――」

とんでもないことを言い出した。

「尻に敷くって――それに、女王ってあり得ませんでしょう！」

王妃は、国王の妃となり王の治世を支える者。女王は、自ら統治し国を治める者だ。王族でもないフルールが女王など、あり得ない。

「いや、そなたなら可能だと思うがな？」

クックッと、上王が上機嫌に笑う。

まったく酷い冗談だ。

付き合っていられないと思ったフルールは、話を進めることにした。

「二つ目ですが、私を公爵家から逃がしてください」

「逃がす？」

今度は上王は首を傾げる。どういう意味かわからないのだろう。

「はい。私の父ラウン公爵もゲームの登場人物です。急によそよそしくなった他はまだそれほど大きな変化はありませんが、今後どうなるかわかりません。父のせいで、いざというとき行動を制限されたくないのです。上王さまのもとで行儀見習いをするとかなんとか適当な理由をつけて、私を家から出させてくれませんか。……あ、もちろん実際に上王さまにお世話してもらおうとか思っていませんから。そうですね、王都の下町辺りに適当な家を一軒借りていただけたら助かります。家賃は私が払います」

上王は目をパチパチと瞬いた。

「——私の邸で一緒に暮らしてもいいのだぞ」

「それは建前だけで結構です。いろいろ面倒くさそうですし」

きっぱりと断わると、上王は大きなため息をついた。

「振られてしまったか。……まあ、いい。わかった。私の隠れ家の一つを提供しよう」

どうやらいくつも隠れ家を持っているらしい。

やっぱりこの上王は、ただ者ではない。

感心半分、呆れ半分の視線を向けたのに、上王はパチンとひとつウインクした。

「三つ目はなんだ？」

興味津々に聞いてくる。

フルールはクスリと笑った。

この方にならば、三つ目のお願いをしても大丈夫そうだ。

「三つ目ですが——上王さま、世界を救ってみませんか？」

さすがの上王も動きを止めた。

そんな彼に近寄って、フルールは何事かを耳元に囁く。

すると、上王はクスクスと笑い出した。やがて、呵々大笑する。

「ハハハ！　それは愉快だ。フルール、そなたはやはり素晴らしいな。……惜しいな、私があと五十も若ければリュークなんぞ蹴落として嫁に貰うものを」

五十が六十でもご遠慮したい。

「お断りいたしますわ。上王さまはリューク殿下ではありませんもの」

どんな相手にしろ、それがリュークでなければ、フルールにとって同じこと。

それならば、こんな面倒くさそうなおじいさんはお断りだ。

「そうか。また振られてしまったな」

振られたと言ったわりに、上王は嬉しそうだ。

その後、フルールと話を続けた上王は終始上機嫌だった。

いつまでも逃げていても、相手が決して諦めないときは逆効果だ。

悪役令嬢フルール・ドゥ・ラウン公爵令嬢が逃げている相手は、『強制力』という絶対諦めそうにもないモノ。

このため、彼女は少し妥協することにした。

――ヒロインをいじめてみたのである。

（なんだか、段々冤罪の無理やり感が酷くなっているんだもの。これ以上リューさまの残念な姿を、他の人に見せたくないわ）

まあ、そんな残念なところも可愛いと思えてしまうフルールではあるのだが。

とはいえ、暴力を振るったり陰口を叩いたり、ましてや物品を損なったりはしたくない。

なので、普通にヒロインにキツく当たることにした。

「――婚約者のいる男性に用もなく近づくことは不謹慎ですわ」

「――目上の人と会ったときは、相手より先に話しかけてはいけませんわ」

「――廊下を走らないでください」

「――姿勢が悪いですわ。背中が丸まっていますよ」

………なんだか、口うるさい学校の先生みたいだ。

（ていうか、全部普通の注意よね？　私にいけないところ、なくない？）

フルールには、そう思える。

しかしリュークたち攻略対象者は、彼女が悪意を持ってプリムローズを不当にいじめたと判断したようだ。

口を揃えて盛大な文句を言ってくる。

しかし――

「事実ですよね？」

「正しければ何を言ってもいいわけではないだろう？」

「プリムローズは、つまらない常識にとらわれない自由なところが可愛いんだ！　だから、これでいいんだよ！」

「義姉上みたいに完璧になんでもできる人は、できない人間の気持ちがわからないんだ」

並んで非難してくるリュークとクライン、そしてレイン。

フルールは頭を抱えた。

三人とも、庇っているように見えて、その実、彼女の指摘を少しも否定していないということに気がついているだろうか？

まあ、プリムローズ本人もそれで満足そうにしているのだから、問題ないのかもしれない。

そんなこんなで疲れる日々を送っていたのだが、今日のフルールは朝からご機嫌だった。

「――お嬢さま、本当によかったのですか？」

「当たり前よ！　これ以上あの家にいたなら、ストレスが溜まりすぎて爆発したかもしれないわ。ここなら、お父さまやお母さまの無関心もクラインの嫌味も気にならないもの。最高よ！」

入学してから半年後。

上王への二つ目のお願いとして公爵家からの脱出を図ったフルールだが、本日めでたくそれが一部叶ったのだ。

王都の中心街からはずれた下町の石畳の小路沿い。

磨き上げられた漆喰の白壁と赤い屋根の二階建てのハウスが、今日からフルールの城だ。

上王の邸で行儀見習いと称しながら、その実、彼女はスゥランと二人で休日をここで暮らすことにしたのである。

以前は店舗だったという両開きの扉を開けると、そこには広いロビーが広がっていた。開放感に溢れるその家の二階は居住スペース。公爵邸の私室に比べればうんと小さい自分の部屋をフルールは満足そうに見回した。

(うんうん。前世の私のアパートよりちょっと広いくらいね。これくらいのほうが私は落ち着くわ。本当はずっとここで暮らしたいくらいだけど、学園がお休みの日しか許可が出なかったのは残念だったわ)

この世界の一週間は九日で六日働いて三日休む。一ヶ月は四週間で、一年は十ヶ月だ。

(一年が三百六十日だから、地球より公転周期が短いのよね？　でも、この世界の一日って二十五時間だから、実際には長いのかしら？）

公転周期は地球が太陽の周りを回る時間であり、自転周期は地球が一回転する時間だ。

深く考え出すとわからなくなるので、フルールは考えるのをやめた。

（一日が二十五時間だなんてゲームの設定には書いてなかったわ。まあ、睡眠時間が一時間増えるくらいで大きな影響はないものね）

学園の授業時間が増えない限りは、フルール的に問題ない。

（ああ、これからは六日間学園と公爵邸で我慢したら三日間はここで自由気ままにやりたい放題できるのね！　ようやく私はこの世界でもＯＦＦを勝ち得たんだわ！）

ジ～ンと、感動に浸るフルール。

一方、スゥランは不満たらたらだ。

「公爵令嬢ともあろう方が、週三日とはいえこんな犬小屋みたいに狭いお部屋に住むなんて」

「犬小屋って……スゥランの部屋も同じ大きさでしょう？」

「私はいいんです、使用人ですから。でも、お嬢さまはお嬢さまなんですよ！」

二階は共有スペースの他に小さな部屋が四つあり、その内の二部屋をフルールとスゥランの私室に当てている。

「部屋なんてベッドと机が置ける広さがあれば十分じゃない。それよりスゥラン、例のものは用意してくれたの？」

ウキウキと確認すると、スゥランは諦めたように大きなため息をついた。

「はい。私の実家から届けてもらいましたが――こんなものどうされるのですか？」

そう言いながら、部屋の隅に置いてあった箱を開ける。

中から出てきたのは、透き通ったガラスの深皿だ。同じ大きさで色と模様が違う物が二十枚くらい揃っている。

箱は他にもあり、それぞれ違う種類の食器がたくさん詰まっていた。

どう見たって二人で暮らすには多すぎる。

「せっかく自由になったんですもの。私、ちょっとした商売を始めてみようと思っているのよ」

「商売!?」

スゥランが素っ頓狂な声を上げた。

公爵令嬢であるフルールが商売をしたいなんて言い出したのだから、驚くのも無理はない。

「お、お嬢さま、本気ですか？」

「本気も本気よ。あのね、私人間にはONとOFFが必要だと思っているの。頭と心を切り替えて、リフレッシュするっていうことよ。一つのことに集中してのめり込むのも悪いことではないけれど、同じことばかり続けていたらどうしたって飽きるし疲れちゃうわ。その予防と気分転換としてまるっきり違うことをするっていうのは、論理的だと思うのよね！」

これは綾千の持論である。

『何よ論理的って？　要は、自分がやりたいことをやるためのもっともらしい言い訳でしょう？』

などと前世では友人にからかわれたこともあるが、そんなことは絶対ない！　――こともないかもしれないが、まあどっちでもやることは変わりない！

「私、学園でずっと〝悪役令嬢〟をしているでしょう？　リュークさまのためと思えば、それもやぶさかではないんだけれど、やっぱりそればっかりじゃ疲れちゃうのよね。だから学園がお休みの日は悪役令嬢をＯＦＦにして、自分の好きなことをやりたいの！」

フルールが強く主張すると、スゥランも考える素振りを見せた。

「おっしゃることもわからないではありませんが……そこで、なぜ商売なんですか？　貴族令嬢らしく詩集とか音楽とか、そういった趣味を楽しんでもいいのでは？」

フルールはスゥランの目の前に人差し指を一本立て、そのまま指をチッチッと左右に振って見せた。

「あら、ダメよスゥラン。人間、どうせなら一石二鳥を狙わなくっちゃ」

「……一石二鳥？」

「趣味と実益を兼ねるのよ！　自分のやりたいことをやって、それに利益がついてきたら最高でしょう？　特に私は婚約破棄されるんだし、次の縁談を断わったら家を追い出されるかもしれないわ。そうならないように上王さまに頼んではあるけれど……ゲームの『強制力』次第ではどうなるかわからないし、そのための用心にもお金はあったほうがいいと思うのよね」

「お嬢さまのお一人くらい、私が面倒見ますよ」

そう言うとスゥランは、胸をドンと叩く。

大変、男前の発言でありがたいのだが、フルールは首を横に振った。

「私が〝自分〟の力でやりたいの」

『強制力』とは無関係に、自分の力を試してみたいのだ。

アメジストの瞳が、強く輝いた。

スゥランは苦笑して肩を竦める。

「仕方ないですね。お嬢さまは、一度言い出したら聞かないんですから。……それで、何を売るおつもりなんですか？　この食器ですか？」

手にしたガラスの器を示してスゥランが聞いてくる。どうやら説得は諦めたらしい。

ホッとしながら、フルールは首を横に振る。

「あら、違うわよ。私が売るのは〝かき氷〟よ。氷の魔法を使えば経費を浮かせられるし、いいアイデアだと思わない？」

フルールの言葉に、スゥランは目をぱちくりと瞬いた。

「かき氷――って、なんですか？」

(やっぱり、そこからよね)

戸惑う彼女を見て、フルールは小さくため息をつく。

そう、この世界にはかき氷がないのだ。

魔法があるせいなのかどうなのか、この世界では電気が発見されていない。当然電化製品もなく、水を凍らせる冷凍庫もないのが現状だ。この世界で、地球で言う冷蔵、冷凍庫の代わりをしているのは、腐敗防止の魔法回路を組んだ〝鮮度保存箱〟だった。

（腐敗防止なんて、ものすごい魔法に聞こえるんだけど、結構単純な生活魔法らしいのよね。魔法回路も簡単に作れて使用魔力量も少ないから、鮮度保存箱は一般家庭にも普及しているし）

一方、氷魔法はそもそも使える者が少ない稀少魔法。おまけに攻撃力が滅茶苦茶高いので、単純に氷を作るだけに使おうなんて発想はないらしい。

ましてや魔法で作り出した氷を食べようなんて誰も考えつかないようだった。

（火炎放射器でサンマを焼くみたいな感覚なのかしら？　でも、私には宝の持ち腐れとしか思えないんだけど。暑い時期のかき氷は最高だもの、できたらシャーベットやアイスクリームにも挑戦したいわよね）

論より証拠だ。

そう思ったフルールは、スゥランの持つガラスの器に氷魔法でかき氷を作り出す。

「え？　え？　……つ、冷たい！　……これはなんですか？」

フワフワのかき氷の見た目と冷たさに、スゥランは驚いたようだった。

「かき氷よ。氷を薄く粉々に削ったものなの。ちょっと魔力のコントロールが難しいけれど、そこは根性で頑張ったわ。これでもずいぶん上手に作れるようになったのよ」

腰に手を当て、フルールはバン！　と胸を張る。

最初はかき氷が粗すぎたり、反対に細かすぎたりと、削り加減が難しかったのだ。

スゥランは戸惑い顔で立ち尽くしている。

「手が冷たいでしょう？　早くテーブルの上に置いてちょうだい。そしたらシロップをかけてあげるから」

そう言ってフルールが自分の荷物から取り出したのは、イチゴに似た果実のスリィルのシロップだ。お店を始めるために、たくさん集めたシロップの中の一つである。

フルールは、テーブルに置かれた真っ白なかき氷の上に、惜しげもなく真っ赤なシロップをかけていった。

一部がトロリと赤く染まったかき氷は、とても美しい。

「うん！　我ながら美味しそうにできたわ！　さあ、スゥラン食べてみて」

満足の笑みを浮かべたフルールは、銀のスプーンをスゥランに手渡した。

肩を押して、かき氷の前の椅子に強引に座らせる。

「こ、これを食べるのですか？」

「ええ。味は保証するわよ！　先日上王さまにも召し上がっていただいてお墨付きを貰ってあるの！」

上王が食べたのは、小豆と練乳がけのかき氷だ。ものすごく喜んでくれたので、次はリキュールをかけてフラッペにしてあげようと思っている。

「じょ、上王さまと同じものを、私が食べるなんて、恐れ多いです！　……っていうか、いつの間にそんなことをされていたんですか？」

「ついこの前よ。かき氷屋さんを始めるって言ったら、資金の提供までしてくださったの。商業ギルドへ話を通してもらえたし、頼れるおじいさまって最高よね！」

饒舌なフルールに、スゥランは呆れ顔を向ける。

「上王さまを『おじいさま』って——まったく、お嬢さまとつき合っていると、寿命が何年あっても足りません」

「まあまあ、いいじゃない。それより溶けないうちに早く食べてみて。絶対美味しいから！」

深々とため息をついてから、ようやくスゥランはかき氷を口にした。

とたん、茶色い目を大きく見開く。

「冷たい！　甘い！　……美味しい！」

「そうでしょう、そうでしょう」

フルールは鼻高々だ。

「シャリシャリってしているのに、スッと口の中で溶けて、スリィルの香りと甘酸っぱさが広がって、もう最高です！」

興奮しながらスゥランは、勢いよく食べていく。

（うんうん、いい反応だわ。私の作った氷は、天然氷と同じで頭がキーンッてならないから安心して食べてもらえるのよね。やっぱりかき氷は正解だわ！　寒くなってきたら、タコ焼きとかタイ焼きに挑戦してみてもいいかもしれないし。……前世のＯＦＦに料理に嵌まっていてよかった。そうそう、一時期凝っていたハンドメイドで作った小物を一緒に販売するのもありかもしれないわよね？）

夢は大きく膨らむ。

（ＯＦＦが充実すれば、学園生活もきっとなんとか乗り切れるわ！　リューさまの冷たい視線には、まだ胸が痛むけど……でも、〝推し〟の幸せのためだもの。悪役令嬢になりきってみせる！　やるわよぉ!!）

フルールは、ちょっと方向違いな決意を固めていた。

「お嬢さま！　なんということでしょう。かき氷がもうなくなってしまいましたわ。まだもう少しあったと思いましたのに、私が食べないうちに溶けちゃったんじゃないでしょうか？」

綺麗にかき氷を完食したスゥランが、悲しげな声を上げる。

とても気に入ってもらえたらしい。

フルールは、クスクス笑い出す。

「また後でいくらでも作ってあげるわ。続けて食べるとお腹が冷えるのよ」

「約束ですよ！」

「はいはい」

フルールのＯＦＦは、こうして始まったのだった。

◇◇◇

さて、ときは半年ほど遡る。

リュークが、己の変化に気がついたのは、学園に入学した日の真夜中。ふと目覚めたときだった。

時計を確認すると、二十四時五分過ぎ。

今日という一日が終わり、明日に変わる間隙(かんげき)の時間。

神々も微睡(まどろ)む時間という意味を込めて、〝神睡時(しんすいどき)〟と呼ばれている。

ボーッと今朝からの出来事を思い出して——リュークの顔から、ザッと血の気が失せた。

「何をやっているんだ！　私は」

ベッドの上に飛び起きて、頭を抱えてしまう。

自分で自分を抹消(まっしょう)したいと思った。

「訳がわからない！　いったい私はどうしたんだ⁉」

両手を胸の前で組んだ彼は、指先が白くなるほど力を込めて握りこむ。

そうでなければ、魔力を暴走させそうだった。

「…………ルゥを、傷つけた」

ポツリと落ちた言葉は、深い後悔に満ちている。

——昨晩、眠る前のリュークは、いつもと変わりなかった。

少し違ったのは、翌日から始まる学園生活をフルールと送れることに浮かれすぎていたくらい。

傍(はた)から見てもわかるくらいに上機嫌で入学準備を整え、そのことを両親にからかわれた彼は逸(はや)る心を抑えきれずに早めに就寝したのだ。

本当は、フルールと一緒に登園したかったのだが、それは断わられてしまった。ならば、明朝早く出かけ学園の入り口で待っていて、最初に挨拶(あいさつ)しようと思って眠ったのに——

翌朝目覚めたリュークの心から、その思いは消え去っていた。

華やぎ騒いでいたはずの心が、何も感じられない無機質な作り物みたいなモノとなり、何かがごっそり抜け落ちたのだ。

明らかな変化なのに、彼自身は自分の変化に気がつかず、そして、あの事件が起こった。

「わからない！　あれで、どうしてあの新入生は、ルゥが自分を転ばせたなんて言い出したんだ？

そして、それを〝私〟がなんの疑問も抱かず肯定したのは、なぜだ？」

まるで訳のわからない不可解なことだらけ。

なのに、今の今まで、リュークはそのことを疑問にすら思わなかったのだ。

思い出すのは、呆然（ぼうぜん）として縋（すが）るように彼を見ていたフルールの姿。

なのに、自分はそんなフルールを見捨てた。

リュークは焦（あせ）ってベッドを飛び出す。

寝着を着替えることもせず、そのまま駆け出そうとする。

（ルゥに、謝らなければ——）

それしか考えられなかった。

しかし慌てすぎた彼は、ベッド脇のサイドテーブルに足の小指をぶつける。

「くっ！」

あまりの痛みに蹲（うずくま）り動きを止めた。

小指がジンジンと痛み、反対に頭は冷えてくる。

「…………馬鹿か、私は。今何時だ」

時間は先ほど確認したのでわかっていた。

こんな時間にフルールのもとを訪れるなんて非常識な真似、できるはずがない。

諦めたリュークは、すごすごとベッドに戻る。

「……おかしい。あの新入生もおかしいが、私もおかしい」

いくら考えてもわからない。

他でもないリューク自身が、謂れもなくフルールを責めるなんて。

「どうかしていた。……まるで、誰かに心を操られていたみたいだ」

言い訳ではないが、本当にそう思う。

同時に、明日朝一番にフルールに会って今日のことを謝ろうと決意した。

「あれほどに傷つけて……許してもらえないかもしれないが、それでも謝る以外にない。…………すまない、ルゥ」

信じがたい己の行動への疑問と、フルールへの謝罪を繰り返し頭に浮かべながら眠りにつく。

——そして、翌朝。

目覚めたリュークは、昨晩の自分の不審と後悔を、綺麗さっぱり忘れていた。

次にリュークが同じ思いにかられたのは、一週間後のやはり真夜中だった。

時刻は、二十四時五十分。

神睡時だ。

目が覚めた彼は、一週間前と同じく愕然とする。

「なんで？　どうして私は、入学式と同じような愚行を繰り返しているんだ？」

しかもそれを後悔し謝ろうと思ったことまで忘れていた。

「おかしい！　絶対、何かがおかしい！」

そして、おかしいのはリュークだけではない。

あのプリムローズという少女はもちろんのこと、学園内の多くの者がリュークたちの愚行を認め、賛同しているのだ。

その中には、フルールの義弟のレインや、ラウン公爵家に雇われフルールの護衛騎士になる予定のクラインまでいる。

「隙あらば私とルゥの間に割り込み、引き離そうとしていた奴らまで私と同じようになっているなんて！」

いったい自分の周りで何が起こっているのか？

訳のわからない事態が、とてつもなく不安で怖ろしい。

何より恐いのは、リュークがフルールを傷つけてしまっていること。

先日と同じように、リュークはベッドを飛び出す。

「行かなければ！」

たとえどんなに非常識な時間でも、今すぐフルールに会って謝罪し、彼女の不安を取り除かなければならない。

「――は？　殿下、こんな時間に、どちらへ？」

着替える時間も惜しみ、寝着の上に上着だけ羽織って廊下に出たところで、不寝番に就いている騎士が不思議そうに聞いてきた。

出かけるのだと告げようと思ったちょうどそのとき、騎士が持っていた懐中時計が「リリリ……」と音を鳴らす。

二十五時――翌日の零時になったのだ。

神睡時が終わり、神が目覚める時間。

リュークの顔から、スッと表情が消えた。

「…………………」

何も言わずにリュークは、自室に戻っていく。

残された騎士は首を傾げた。

「寝ぼけられたのかな？　珍しい」

まあ、そういうこともあるのだろう。

騎士は自分をそう納得させた。

三回目に目覚めたリュークは、まず時間を確認した。

二十四時三十分。

「……やはり、神睡時か」

過去二回の経験と、特に前回午前零時を報せる音が鳴ったとたん、自分がおかしくなったことから、リュークは自分が自分として目覚められるのは、神睡時ではないかと考えた。

ちなみに二回目からは、すでに一ヶ月ほど過ぎている。

「都合よく神睡時に目覚めるなんて、そうそうできないからな。どうやら、この一時間以外の私は、最低最悪のダメ人間になるらしい。……どうせなら、もっと早く目覚めればいいものを、三十分ではラウン公爵家に行くこともできない……クソッ！」

自分で自分を罵る。

入学式からこの間にリュークが行ったことを思い出すと、自分にどんなに罵倒したって足りなかった。

「ルゥ、ルゥ………すまない」

うつむき、グッと拳を握りしめながら、リュークは嘆く。

爪を立て、力を入れすぎた拳から血が滴ってきたが、そんな自傷行為では済まないくらい、彼は己を責めていた。

入学式からこっち、自分がやってきたことを思えば吐き気がする。

いっそこのままここで死んでしまいたいとさえ思った。

「そうすれば、明日から私はルゥを傷つけないで済む」

しかし、それがどんなに自分勝手な行為なのかもよくわかっている。

「そんなことをしても、ルゥは喜ばない。むしろ悲しむだけだ」

彼がすべきなのは、なんとか神睡時以外の自分の愚行を止めることと、誠心誠意フルールに謝ること。

「それにしても、本当に私はどうしてしまったんだ？　この時間以外の私があんな愚行を犯す原因がさっぱりわからない。何かに呪われているのか？」

そうとしか考えられないことだった。

しかし、どれほど考えても答えのわからない問いに時間を割いている場合ではない。

神睡時が過ぎれば、再びリュークはダメ人間に戻ってしまう可能性が高い。

「なんとかこのことをルゥに報せたいのだが……手紙を書いても、おそらく自分自身に握りつぶされるのだろうな」

ならば、リュークがリュークでいられる間に手紙を書き信頼できる誰かに託せればいいのだが、肝心なその信頼できる相手が誰なのかわからない。

「両親はダメそうだ。騎士も、完全に大丈夫だと言える者はいない」

誰より自分自身が一番信じられなかった。

この状況で、他人を信じることは難しい。

「手紙は、ダメか。ならば何か他の方法で、昼間ルゥに接している私の言葉や態度は私の本心ではないのだと伝えたい！　何かないか？　何か？」

リュークは必死に考える。

次は、いつ神睡時に目覚められるかわからないのだ。

必死で考えて、考え続けて——しかし、何も思いつかないうちに、無情にも時計の針が午前零時を指した。

◇◇◇

ひょろりと立つ竿の先端に、細い横棒が直角に差し込まれている。

その横棒と竿に結ばれたのぼりがヒラヒラと風に靡いた。

「なんだか珍しい模様だねぇ」

「白地の中央に赤の不思議な模様と、下の青は……波を表しているんじゃないか？」

「端の小さい緑は小鳥かな？」

王都の下町にほど近い小路沿い。周囲と同じ白壁と赤い屋根の二階建てのハウスの前で、人々が首を傾げている。

ハウスの壁には『フェデネージュ』と書かれた文字看板がかかっていた。雪の妖精を意味することの看板を自ら制作、掲げたのがフルールであることは言うまでもないだろう。

「なんだい、知らないのかい？　あれが、今、噂の〝かき氷〟屋の目印だよ」

「かき氷？」

「おいおい、本気で知らないのか？　さては、あんたたち王都の住人じゃないな」

「余所から来たのなら、ぜひ食べていくといいよ。絶対感動するから！」

「この店が開いているのは、休日の午前中だけなんだ。あんたたち滅茶苦茶運がいいな！」

旅人らしい数人に、周囲の人々が寄って集って、かき氷というものをすすめてくる。

どうやらそれは食べ物で。あののぼりは、そのかき氷を売っている店の目印らしい。

のぼりのある場所には、他にもかき氷を食べようとしている人々が長い行列をなしていた。

熱心なすすめを断り切れなかった旅人たちはこれも話の種かと思い、変わったのぼり旗の下にできていた順番待ちの列に並ぶ。

もしも、ここに日本人転生者がいたならば、そののぼりの不思議な模様と言われているものが『氷』という漢字だとわかっただろう。

日本の夏の風物詩とも言うべき、かき氷屋ののぼり旗が、ここソリン王国の王都の下町に堂々と翻っていた。

もちろんこれも作ったのはフルールで、旗と同じ模様の暖簾をくぐって入った店内では、可愛いメイド服姿のスゥランが忙しそうに働いている。

「かき氷、一杯！　マドゥのシロップ多めで」

「俺は白玉あずきだ！　氷を山盛りにしてくれ！」

「私はブルーハワイ！　……ねぇ、ハワイって何かしら？」

もちろんそんな質問にスゥランが答える暇はない。

注文だけを聞き取った彼女は、完璧な記憶力で迅速確実に注文されたかき氷を配っていた。

「……えっと、ハワイっていうのは、海が綺麗な土地の名前ですよ」

代わりに答えたのは、奥の厨房でせっせとかき氷作りを続けるフルールだ。

スゥランと同じメイド服姿で、出来上がったかき氷をカウンターに並べながら顔を覗かせる。

この世界にハワイはないけれど海の綺麗な場所はいくらでもあるから、きっと通じるだろう。

フルールの姿を見た客たちは、一斉に浮き立った。

「きゃぁっ！」

「やった！　今日は〝かき氷姫〟の顔が見られた！」

「スゲッ！　こっちのメイドさんも可愛いけど、あっちのあの子もとんでもない美人じゃないか！」

「色白！　銀髪なんて初めて見たわ！」

「うわぁ～！　あの子が俺のところにかき氷を運んできてくれないかな！」

うっかりそう呟いたお客に、スゥランの鋭い視線が突き刺さる。

「…………うっ、スミマセン」

「待て待て！　本気の殺意をこっちに向けるのはやめろ！　…………ください！」

店内は、ワイワイと賑やかだ。

フルールは満足して微笑んだ。

(やっぱり、美味しいものの効果は抜群よね。〝かき氷姫〟って呼ばれているのはちょっと微妙だけど〝氷姫〟より可愛いんじゃないかしら)

「――お嬢さま。その人タラシの笑みを、むやみやたらにふりまくのはやめてください」

スゥランの言葉は、意味がわからない。人タラシの笑みなんてものができていれば、もっと人生楽だったに違いなかった。

(少なくとも、傷心を抱えてかき氷屋なんてしていないんじゃないかしら?)

いや、どの道フルールなら、いずれは公爵家を飛び出して好きなことをしていたような気もするが——

(ま、まあ、家でどんより暗くなって引きこもっているよりいいわよね?)

前向きに考えたフルールは、先ほどのスゥランの言葉を綺麗さっぱり頭から捨て去って、スマイルゼロ円とばかりに微笑んだ。

「ようこそ、いらっしゃいませ~!」

ちょうど入ってきたお客さんに、元気よく挨拶する。

フルール会心の笑顔をくらった客たちは、みんな顔を赤らめた。

一人、頭を抱えるスゥラン。

こうして、フルールの始めたかき氷屋は、ますます人気を博していくのだった。

しかし、たとえかき氷屋がどれほど忙しくとも、フルールが大切なスゥランは、決して彼女に接客をさせたりしない。

——しないのだが、やはりそれには時と場合という条件があった。

「お呼びいただければ伺いましたのに、なんでご自分からいらしているんですか? この店唯一のメイドが怯えているじゃないですか」

頬を膨らませたフルールは、たった今入ってきたお客さんのもとに、文句を言いながら注文を聞きに行く。

今日は休日の最終日。今はお昼過ぎだ。

つまり、かき氷屋の営業時間は先ほど終わったところで、スゥランが最後のお客さんを見送りがてら店先ののぼりを片づけに出た――と思ったら、戻ってきたのだ。

顔色は真っ青で、持ってくるはずののぼりは見当たらず、代わりに新たなお客さんを案内している。

「――ほぉ？　なかなかいい店だな。気に入った」

営業時間外だということなど、少しも気にしたふうもなく、そのお客はキョロキョロと店内を見回した。身なりのいい商人風の格好をした初老の男性である。日本で言うのなら、イケオジとでもいうところだろうか？

「…………何しにいらしたのですか？　上王さま」

「もちろんかき氷を食べにきたのさ」

ソリン王国でも三本の指に入る高位の男性は、ニコッと人好きのする笑みを浮かべた。

フルールは呆れるばかり。

「――ご注文は？」

諦めて、そう聞く。

「カルーア・ミルクで頼む」

カルーアとは、コーヒー・リキュールの一種で、要するにお酒のことだ。先日、上王の邸を訪問した際に、数種類のリキュールでフラッペを作ってあげたのだが、彼はそれが大変お気に召したらしい。

「この店では、酒類の提供はしておりません」

「フム。残念だな。では、コーヒー・ミルクで頼む」

肩を竦めたフルールは、仕方なく注文通りのかき氷を作った。

ついでに何個か多めに作りスゥランに店外へ運んでもらう。きっとそこには上王の警護の騎士がいるはずだから。型破りの主を持った彼らは、きっと毎日苦労していることだろう。

急な上王の訪問に頭を痛めたフルールは、彼らにいたく同情していた。

(勤務中でも、かき氷の一杯くらい食べてもいいわよね?)

そんな彼女の心情など気にもせず、上王はかき氷に舌鼓を打っている。

そして、何気ない世間話をするかのように、話しかけてきた。

「そう言えば、知っているかな？　数ヶ月前から真夜中の神睡時の王城で、面白い現象が起こるそうだぞ」

「神睡時？　……面白い現象ですか？」

フルールは首を傾げる。そんな噂は聞いたことがなかったからだ。

「ああ。――金髪碧眼で隔世遺伝の美貌を持つ青年が、突然部屋から飛び出して、どこかに行こうとしては急に止まって部屋に戻ったり、部屋の中を滅茶苦茶にして翌朝侍女に片づけさせたりと、訳のわからぬ行動で非常に不審に思われているらしい」

「……滅茶苦茶？」

「ああ、なぜこんなに散らかしたのかと聞かれても、そいつは自分でも理由がわからなかった。夢遊病ではないかと心配されているらしいな」

「夢遊病？」

フルールは考えこんだ。

金髪碧眼（きんぱつへきがん）の美貌（びぼう）の青年というのは、間違いなくリュークのことだろう。隔世遺伝と言ってしまうあたりは、いかにも上王らしい。

つまり、リュークが真夜中に城でおかしな行動をしているということだ。

（ゲームでは、夢遊病なんていう設定はなかったから、『強制力』ではないわよね？）

では、いったいなんだろう？

（私の知らないゲームの隠しイベントだったりするのかしら？　リューさまのルートは何度も繰り返して攻略したから、見逃しがあるとは思えないんだけど。……でも、それにしてもおかしな話ね？）

そんな奇行を繰り返していては、夢遊病を疑われても仕方ない。

リュークを心配するフルールを、上王は真剣な表情で見つめてきた。

「そなたでも理由はわからないか？」

「すみません。思い当たる節が何もなくて」

上王がフムと唸(うな)って考えこむ。

もっともかき氷を食べる速度は変わらず、モグモグと口が動いていた。

「リュークがおかしいのは以前からだが、おかしくなった者がさらにおかしくなったということか——いっそのこと、これで正常に戻ってくれればいいのだがな」

それは、マイナス×マイナスはプラスといった発想だろうか？

(そういえば反対の反対は賛成とか、昔のマンガにあったわよね？)

ちょっと違う気もするが、たしかにおかしい状態がおかしくなればまともになるというのも、考えられないことでもない。

リュークが少しでも元に戻ってくれたらいいなと、フルールは思う。

そして、ふと引っかかった。

「……リューク殿下がおかしくなるのは、〝神睡時〟限定なのですか？」

「ああ。今まで聞いた話はすべて二十四時から二十五時の間に起こっている。……もっとも、部屋を荒らしたのが何時かはわからないがな」

侍女が翌朝気がつくのなら、時間の特定は難しいだろう。ただ、部屋の前に立つ警備の騎士が聞いた物音から、やはり二十四時から二十五時の間ではないかと思われているようだ。

う〜んと、フルールは考えこむ。

「どうした？　時間が気になるのか？」

「はい。まるっきり関係ないかもしれませんけど……私がゲームをしていた前世の世界では、一日は二十四時間だったんです」

「二十四時間？」

「二十四時から二十五時って前の世界では存在しない時間だったのです。ゲームの設定にも一日が二十五時間なんてことは、どこにも書いてなかったし――ひょっとしたら、『強制力』の盲点になっているのかな？　とか思って」

荒唐無稽ではあるが、あながち考えられないことではない。

絶対的な力を持つ神が眠る〝神睡時〟という言葉も、なんとなくそれっぽかった。

かき氷の最後の一口をスプーンで口に運んだ上王は、そのスプーンをくわえたままで「フム」と、もう一度唸る。

「あり得ぬことではないか？　……ただ問題は、それを確かめようにも、さすがの私も神睡時に王太子の部屋を訪うことができないことだな」

口から出したスプーンを振り振りそう言った。

リュークは上王の孫だ。祖父が孫の部屋を訪ねるのにそれが何時であろうともかまわないだろうと思うかもしれないが、二人は王族。本来ならば、一日のスケジュールが分単位で決まっていて、自由に動ける時間など皆無である身分なのだ。

（他ならぬ上王さまが、そういう堅苦しいことが大嫌いで、自分が王位に就いている間に制度改革をしてかなりの自由裁量を認めさせたって話だけど――昼間ならともかく、夜間一方的に訪ねるのは警護の面からいっても難しいわよね？）

だからといってフルールが真夜中にリュークを訪ねるのは、もっと難易度が上がる。

いくら婚約者とはいえ無理だろう。

「………やはり、一度玉座を取り返すか？」

「おやめください！」

上王がポツリと呟いた言葉を、フルールは全力で止めた。

「それほど面倒でもないのだぞ？　なに、この騒動が片付いたら熨斗をつけて返せばいいだけだ」

「絶対ダメです!!」

上王は、ある意味『強制力』より厄介かもしれない。

フルールが睨みつけると、上王は楽しそうに笑う。

「まあ、何か他に方法がないか考えてみるとしよう。……ごちそうさま。美味しかったよ」

そして片手を上げて帰ろうとした。

そんな彼の前にフルールは立ち塞がる。

「なんだ？　心配せずとも玉座の簒奪は行わないぞ……今のところはな」

首を傾げる上王の目の前に掌を上に向けて差し出す。

「お会計をお願いします。二百ルクです——あと、今のところでなく、未来永劫玉座には返り咲かないでください！」

一ルクはおよそ二円相当。

日本円で換算してかき氷一杯四百円だ。氷が貴重品なこの世界では良心的な値段ではないかと、フルールは思う。

恐れ多くも上王に支払いを求めたフルールを見て、スゥランが気絶しそうになっていた。

上王も驚いたように目を見開く。

「お金を取るのか？」

「もちろんです。商売ですから」

「私に恩を売ろうという輩（やから）は大勢いるのだぞ。それをたかが二百ルクを取り立てようだなどと。——それに、先ほどの情報料ということにはならないのか？」

「私は、取れるところからは遠慮なく取る主義なんです。外で待機していた警護の騎士さまたちの分は徴収しませんから、それで情報料としては十分なはずです」

きっぱり言い切るフルールを見て、上王はクツクツと笑い出した。

「やっぱり王妃は、そなたしかいないな」

そんなことを言い出す。

「煙（けむ）に巻こうとしてもダメですよ」

「ハハハ——」

この後、きっちり二百ルクを上王に支払わせたフルールに対しスゥランの雷が落ちるのだが——

まあ、それは別の話である。

第四章　『強制力』のほころびと、なんとかしたい攻略対象者たち待ち焦がれた神睡時。

この時間帯に、リュークが前回目覚めてから今回目覚めるまでなんとひと月以上が過ぎていた。

入学式から数えればもう七ヶ月経っている。

(昼間の〝私〟に今の〝私〟の記憶はないはずなのに……どうやら、無意識に夜中に目覚めるのを避けているみたいだな)

昼間のリュークは、寝入る時間を調整してこの時間帯に目覚めないようにしている。積極的に体を動かし疲れきって起きないようにもしているらしい。

決して自分で考えているわけではなく無意識なのだが、気づけばそんな行動ばかりをとる自分に今のリュークは苛立っている。

気持ちを静めるように息を吐いたリュークは、何度か目覚めてみてわかったことを頭の中で整理した。

一つ、目覚める時間帯は、神睡時限定であること。

二つ、昼間の自分は、今の自分を覚えていないこと。

三つ、それにもかかわらず、今の自分のしたことを無意識下で〝なかったこと〟にしようと動いていること。

四つ、おかしいのは、自分だけではないこと。

三つ目と四つ目は、前回目覚めたときにも確認できたことだ。

半年前、リュークはこの時間帯にフルール宛ての謝罪と思いの丈を綴った手紙を書き上げて、信頼できる警護の騎士に渡して届けてもらおうとしたのだ。

しかし、たしかに承りましたと約束してくれた騎士は、午前零時が過ぎたとたんリュークにその手紙を返しにきた。

そしてそれを当たり前のように受け取ったリュークは、迷わず破り捨てたのだ。

その後、己の火魔法で手紙を灰にした自分を、猛烈に殴りたい！

(あんなに苦労して書き上げたのに！　あの手紙が届けば、少なくともルゥはこれ以上傷つかずに済むはずだったのに！)

学園に入学して以降、変わってしまった〝リューク〟がどれほどフルールを傷つけてきたかを考えると、とても平静ではいられない。

なんとか一時でも早く事態の解決を図りたいのだが、現状のリュークは八方塞がりだ。

そう思えば思うほど、ますます心は焦った。

ただひとつ、そんな中でも僅かな光明になるのが上王を交えた一件だ。

プリムローズが階段から落ちた事件で頭に血が上ったリュークは、闇雲にフルールが犯人だと思いこみ彼女の居場所を探し出して、祖父である上王と謁見していると聞き、その場に押しかけてしまった。

(我ながら無謀なことをしてしまったが、でも成果はあった。――どうやらおじいさまは、おかしくなっていないようだ)

上王は間違いなくフルールの味方をしていた。

両親やリュークの身近にいるほとんどの者が、おかしくなった〝リューク〟に違和感を持たず、同じようにおかしくなっていると思われる中で、上王だけがはっきりとリュークを愚劣だと怒鳴りつけ部屋から叩き出したのだ。

(あれこそが正しい反応だ。おじいさまはルゥを守ってくださった)

フルールが一人でないことに、守ってくれる存在がいることに、リュークは心から感謝の念を抱く。

(ああ、なんとかしておじいさまに連絡をつけたい！　そしてルゥに私の本当の心を知ってほしい！　許してほしいとか、そんなことは望まない！　ただ、ルゥがこれ以上傷つかなければ、それだけでいい！)

しかし、退位した上王は王宮とは別の場所に邸を建てて、夜はそこに帰っている。

深夜リュークが城を抜け出せたとして、上王の邸に辿り着き事情を話しフルールへの言葉を託すには、一時間ではとても足りそうになかった。

しかも、二十四時ちょうどに目覚められる可能性はとても低いのだ。

今日だって、目覚めたのは二十四時半だった。

（それでもラウン公爵邸よりはよほど近い。だとすれば、やらずに諦めるよりやってみるしかないか……）

リュークは時計を確認した。

現在、二十四時三十五分。

今から抜け出たとしても、上王の邸に着くのは難しいだろう。

（それでもこの時間でどこまで行けるのか、確かめることはできる。よし！　行けるところまで行こう！）

決意をしたリュークの行動は早かった。

ベッドを抜け出て靴を履き、ガウン一枚だけを羽織って窓に近づく。

（おじいさまのお邸なら、こちらの窓から出たほうが早いからな）

それにうるさい警護の騎士にも見つからずに済む。

リュークの部屋は二階だが、幸い窓の外には大きな木が一本立っている。

この木を使えば抜け出るのは簡単だ。

（音を立てて騒ぎを起こすと面倒だな）

そう思ったリュークは、そっと窓を開ける。

「――遅い！　待ちくたびれたぞ！」

とたん、怒鳴りつけられた。

「え？」

文目（あやめ）もわからぬ闇の中、それでも木の上に誰かがいるのがわかる。

「一ヶ月も待ちぼうけを食らわせやがって！　さっさとそこを退（ど）いて俺を中に入れろ」

不機嫌そうな声には聞き覚えがあった。

「………クライン？」

「おう！　情けない顔してやがるな、ご同類！」

そこには、ラウン公爵家に雇用されフルールの護衛騎士をしている平民上がりの騎士がいた。

◇◇◇

時は、一ヶ月ほど遡（さかのぼ）る。

上王が突然かき氷屋に現れた翌日、クラインは真夜中の神睡時に姉の襲撃に遭（あ）っていた。

「起きなさい！　この愚弟!!」

「うぉっ!?　危ねぇな！　何するんだ、姉さん！」

声と同時に、ドブボォォッ！　という物騒な音を立ててベッドにモップを叩き込まれた彼は、慌てて飛び起きる。

モップの持ち主である姉に大声で抗議した。

「そのモップ、絶対普通のモップじゃないだろう！　姉さん特注アダマンタイト製のヤツじゃないのか？　そんなモノで叩かれたら、俺は間違いなく死ぬぞ！」

アダマンタイトとは非常に硬いレア金属だ。また、大変重いことでも有名で、アダマンタイト製の剣を振り回すのはよほど体格のいい騎士でも難しいと言われている。

そんなアダマンタイトで作られていると言われたモップを軽々と肩にかけたスゥランが、剣呑な目で弟を睨む。

「モップなんてどうでもいいから私の質問に答えなさい。――クライン、あなたはいったい誰の騎士？　あなたが命をかけてお守りするのは誰？」

「どうでもよくねぇよ！　てか、なんだよ？　今さらその質問は。――俺は、フルールの護衛騎士だ。守るのはフルールに決まっているだろう」

ムッと唇を尖らせながら、クラインは答えた。

スゥランがハァ～と大きく息を吐く。

「……どうやらクライン、〝あなた〟のようね」

「なんだよ？　俺が俺以外の誰だって言うんだよ？」

「――自分の昼間の行動を思い出してごらんなさい。それでもそう言えたのならモップをぶち込んであげるわ」

「怖ぇぇよ！」

自分で自分の体を抱きしめながらも、クラインは姉の言う通りに昼間の行動を思い出そうとする。

そして、精悍なその顔をみるみる青ざめさせた。

「――ハ？　ちょっ、ちょっと！　……ああ！　俺は、なんてことをやらかしているんだ！」

悲鳴のように叫ぶと、彼はそのまま床の上に崩れ落ちた。

◇◇◇

今日の昼間、クラインはフルールを声高に糾弾した。

「プリムローズの大切な教科書を隠すなんて、嫌がらせにもほどがある！」

実際、プリムローズの教科書がフルールの机の中から出てきたのは事実で、そこだけを見れば疑われるのも無理からぬところもあったと、言えば言える。

しかし、今日のフルールは、朝登園してから昼過ぎまでずっと職員室に入り浸りで、一度も教室に入っていなかった。――『強制力』のせいでうまく回らなくなった最近の生徒会の仕事を、生徒会副顧問の教師と一緒に処理していたのである。

なんでそんなことをフルールが？　というと、実は生徒会の副顧問がラウン公爵家で一時雇われていた家庭教師で、フルールにも教えていたことがあり、その伝手で手伝ってほしいと泣きつかれたのだ。ちなみに副顧問は、平凡顔の中年男性。乙女ゲームの攻略対象者にかすりもしていないのは一目瞭然である。

(ゲーム画面でも見たことないし、『強制力』の効かない人って貧乏くじを引くことが多いのね)

そうフルールは思っていた。

なお、生徒会顧問はバッチリ攻略対象者だ。教師枠で大人の妖しい魅力たっぷりの男性なのは、言うまでもない。身分も次期侯爵と申し分なかった。

それはともかく、ようやく生徒会の仕事を終え疲れきってフルールが戻ると、教室内は大騒ぎ。

そこで彼女は初めて盗難の事実を知った。

「——リューク殿下が、公務で休みだから今日は誰もお前を責められないとでも思ったのか？　残念だが俺はそんなことで萎縮するような男じゃない。お前の悪事を暴いてやる！」

居丈高に詰り、犯人と決めつけてくるクラインを、フルールは呆れたように見返す。

たしかにこの場にリュークはいないのだが、それで彼女が行動を変えたことなど今まで一度もない。

（それくらいクラインはよく知っているはずなのに）

今回の事件も、まったくの濡れ衣だ。

ゲームの中ではフルールが主犯で同じ事件が起こったこともあるのだが、そのときの彼女が教科書を隠した理由は、プリムローズが行動を急ぐあまりに教科書を粗雑に扱ったせい。いくら学園からの支給品とはいえ、ものを大切にできない人間にリュークの寵愛を受ける資格はないと、ゲームのフルールは怒っていた。

まあ、プリムローズ側にも急がなければならなかった正当な理由があったため、この事件は双方痛み分けみたいな形になるのだが、それと今とでは事情が違う。

（これじゃ、まるっきり私が悪者じゃない。そりゃぁたしかに私は悪役令嬢だけど、いくらなんでも、ここまで一方的に責められるのは悔しいわ）

そう思ったフルールは、反論するべくプリムローズに話しかける。

「ラモー伯爵令嬢は、朝ご自分の鞄の中からすべての教科書を机の中に移したのですよね？」

「はい。でも、特別棟の授業に出て戻ってきたときにはなくなっていたんです。……ラウン公爵令嬢さま、どうしてこんなことをなさったのですか？　私が嫌いだからって、あんまりです！」

プリムローズはハラハラと目から涙をこぼした。

リュークがいないためクラインが我が物顔でプリムローズの脇に陣取り、彼女の肩を抱く。

内心うんざりしながら、フルールは首を横に振る。

「では、私にラモー伯爵令嬢の教科書を盗むことは不可能ですわ。私、午前中はずっと職員室にいましたから。お疑いのようなら先生にご確認いただいてもかまいませんわ」

こう言えば多少は焦るだろうと思いきや、プリムローズは動じない。

「そんな！　アリバイ工作までしているんですね」

理解できないことを言ってきた。

いくらなんでも言いがかりがすぎるだろう。

なのに、クラインは頭からプリムローズを信じて動かない。

「フルール！　お前はどこまで狡猾なんだ！」

（――いや、だからまず私を犯人だと決めつけるのをやめて！）

相変わらず『強制力』の支配下にある者たちには、理屈というものが通じない。

厄介なのはフルールのクラスのほぼ全員が、この『強制力』の影響を受けているということだった。

フルールに非難の目を向ける人々の真ん中で、プリムローズが優越感に満ちた笑みを浮かべる。

「教科書も無事に戻ってきましたし、私はこの件をこれ以上追及するつもりはありません。でもラウン公爵令嬢さま、今後はこのようなことはなさらないでくださいね。――ご自身を貶めるだけですから」

(だ・か・ら！　してないって、言っているでしょう!!)

フルールは怒鳴りつけるのをかろうじて堪えた。

「プリムローズ！　君はなんて優しいんだ！」

感極まったようにクラインが叫ぶ。

周囲のクラスメートたちも、クラインの賞賛にうんうんと大きく頷いていた。

フルールは呆れかえって言葉も出ない。

やり口があまりに稚拙すぎて、悪役令嬢役を演じるのも困難だ。

(百歩譲って、最初は否定しても、適当なところで話を合わせてあげてもいいかと思っていたけれど……私の反応なんて無視しているんだもの。もうどうでもいいわ！)

「身も心も清純で可憐で天使なプリムローズに比べて、フルール、お前はなんて醜いんだ！　恥を知れ！」

歯の浮くようなセリフでプリムローズを褒めながらクラインが叫ぶ。

フルールの心の中でプチッと堪忍袋の緒が切れる音がする。

（決めた！　クライン、あなたは〝神睡時〟の実証実験対象にしてあげる！　もしも神睡時に『強制力』が効かないなら、そのときのあなたは今の自分をどう思うかしら？　……フフフフフ、今夜神睡時に〝恥ずか死ぬ〟といいわ！）

フルールは心の中で復讐を誓った。

◇◇◇

そんな昼間のフルールの心の中通りの事態に、現在クラインは悶絶していた。

実証実験は大成功だ。

「あぁぁぁ～！　俺は馬鹿か？　なんて恥ずかしい奴なんだ！」

ついさっき飛び起きたばかりのベッドにダイブして頭をかきむしり、彼は転がりながら悶えている。

唯一救いなのは、この場にフルールがいないことだろうか。

さすがに彼女も真夜中にクラインの部屋を訪れることはできなかったのだ。

まあ代わりにスゥランが来て、後でクラインの様子は逐一報告されるのだが。

「今日だけじゃないわ。学園に入学してから今までのことを思い出してごらんなさい」

フルールから指示を受けているスゥランが、さらに追い打ちをかける。

姉に言われたクラインは、今度はピタッと動きを止めた。

ダラダラと冷や汗をかきブルブル震え始める。

「…………俺は、俺って奴は！　姉さん、頼む、今すぐそのモップで俺を殴り殺してくれ！」

ついにクラインは、そう叫んだ。

スゥランが嫌そうに眉をひそめる。

「殴り殺すのなんて、いつでもできるでしょう。それよりあなたにはやることがあるはずよ」

取り乱す弟に、冷静に言い聞かせた。

「やること？」

「ええ。お嬢さまのことよ」

とたん、クラインはピョンと立ち上がる。

「謝る！　土下座する！　たとえ、許してもらえなくていい！　フルールの前で腹かっ捌く!!」

非常に短絡的な弟の思考に、スゥランは呆れ果てた。

持っていたモップで、ゴツンとクラインの頭を殴る。

「痛ぇぇ!!　姉さん、俺でなきゃ死んでいるぞ！」

「ついさっき、殴り殺してくれと言っていたでしょうに。……はぁ～、まったく世話のやける弟ね。あなたが死んでお嬢さまが喜ぶとでも思っているの？　あなたがやらなきゃならないのは、この失態を少しでも償うべく、お嬢さまの手足となって働くことよ。――さあ、時間がないから早くお嬢さまのところに行くわよ。お話を聞いて誠心誠意謝って、そしてこの神睡時だけでもお嬢さまのお役に立てるよう身を粉にして働きなさい！」

「働く？　……こんな俺でもフルールはまだ働かせてくれるのか？　信頼して、仕事を任せてくれる？」

クラインは不安を隠さずに呟いた。

そんな弟の背中をスゥランがバシン！　と叩く。

「しっかりしなさい！　それもこれもお前の働き次第でしょう？　信じてほしければ、それに見合う働きをしてみせなさい！」

姉に活を入れられたクラインは、グッとお腹に力を込めた。

「わかった。……やる！　フルールの信頼を取り戻すためなら、俺はなんでもやってやる！」

――大声で宣言したその言葉を、クラインは死ぬほど後悔することになる。

風魔法の使い手でとんでもなく早く移動することが可能な彼が、翌日から毎晩神睡時にリュークの部屋近くでストーカー行為をさせられることになったのは、それからすぐのことだった。

◇◇◇

そして、現在。

「……そりゃぁたしかに、なんでもやるとは言ったさ。でも、それが翌日の夜から毎晩神睡時に叩き起こされて、野郎の部屋の窓の外で待ちぼうけを食らわされることだなんて、普通思ってもみないだろう？　しかも昼間の俺は、夜の俺のこんな苦労も知らないで『眠い、眠い』とか言いながらいっこうに早く寝ようとしやがらないし！　相変わらず俺が悶絶して死にたくなるような、小っ恥ずかしい真似ばかりしやがるし！　我慢できずにあんたの部屋に殴りこもうと思っても、この部屋、馬鹿みたいに進入禁止の魔法が強力だし！」

憤懣遣るかたないといったふうに、グチグチと文句を言い続けるクラインに、リュークはどうしていいかわからない。

それに、最後の一項目は完全に八つ当たりではないだろうか？

王宮に強力な守護の魔法がかかっているのは当然だし、むしろリュークとしてはここまで入りこんでいるクラインのほうが驚きだ。

「そ、それは……すまない？」

それでも、クラインの勢いに押されたリュークは一応謝る。ただ、語尾に？マークが付くのは、勘弁してもらいたい。

「すまないじゃねぇよ！　だいたい、あんたはフルールの婚約者のくせして、なんで俺と同じような情けない状況になっているんだよ！　俺が言えたことじゃないけど！　絶対ないけど！　――でも、フルールを悲しませて！　あんな女をチヤホヤして！　俺は、護衛騎士失格だけど！　あんたも婚約者失格だからな!!」

返す言葉もないとは、このことか。

「本当にすまない！」

リュークは誠心誠意謝った。

クラインが表情を険しくする。

「俺に謝っているんじゃねぇよ！　あんたが謝らなきゃならないのは、フルールだろ！　……ほら、さっさとフルール宛ての手紙を書けよ。もう時間がないから長いのはダメだぞ。短く簡潔に、誠心誠意平謝りする手紙を書けば、俺がそれをフルールに持っていってやる」

もはや開き直っているのだろう。一国の王太子に対してクラインの態度は無礼極まりない。

それでもリュークは嬉しそうに顔を輝かせた。

まるで、砂漠で遭難していた旅人が水場を見つけたような、そんな笑みを浮かべる。

「ありがとう！　……あ、でも、できれば私をこのままルゥのもとへ連れていってくれないか？　それとも、そういうことはできないのだろうか？」

できれば直接フルールに謝罪したいリュークだ。

（いや、単純に会いたいだけだな。……合わせる顔なんてないのに、でも一目でいい、今の自分のままで彼女に会って顔が見たい！）

リュークの懇願を聞いたクラインは、思いっきり顔をしかめた。

「ああ？　なに図々しいこと言っているんだよ。いくら俺が優秀な風魔法の使い手だからって、人一人連れてそんなに速く移動できるはずがないだろう？　神睡時の間しか俺らは正気を保っていられないんだぞ。あんたなんて連れていったら途中でタイムオーバーになるに決まっている」

すげなく断られたリュークは、シュンと落ち込んだ。

しかし、すぐに顔を上げる。

「私たちが正気を保てるのが神睡時だけだと、今、君はたしかにそう言ったな？　君は――フルールは、私や君がどうしてこんなことになっているのか、その理由を知っているのか？」

それは、リュークにとって一番聞きたいことだった。今現在、クラインがここにいてこんな提案をしてくるということは、それを知っている可能性が高いのだ。

「知っている。信じ難い話だがな。……でもそれを伝えるのは俺の役目じゃない。そもそもそんな時間もないし。いいから、さっさと手紙を書いてくれ」

それでも、リュークはすぐにでも理由が知りたいと思った。

そして、一時も早く現状を打開したいとも。

しかし、クラインの言葉は正しい。

そう思ったリュークは、急いで机に向かい猛烈な勢いで手紙を書き始めた。

「タイムリミットは、あと五分だぞ。俺が二十五時までにフルールのところへ戻れなかったら、その手紙はたぶんドブの中だからな」

悲しいかな。二十五時を過ぎた自分が間違いなくそうする！　と言い切れる自信が、クラインにはあった。

急かされて、リュークはますます書くスピードを上げる。きっちり五分で書き上げた手紙を封筒に入れ、封もそこそこにクラインに渡した。

「手紙にも書いたが、フルールに私が心から謝っていたと伝えてほしい。……それに、できることなら愛してい――」

「断わる！」

リュークに最後まで言わせることなく、クラインは彼の言葉を遮った。

「そんな小っ恥ずかしいこと、自分で言え！　だいたい、なんで〝俺〟がそんな敵に塩を送るような真似を――」

言葉の途中でギリリと歯を食いしばる。

そしてポケットから一通の手紙を取り出すと、無造作にリュークに向かって投げつけた。

「――フルールからの手紙だ」

「え？」

リュークの碧の目が、大きく見開かれる。

ものすごく焦って手紙を受け取り、この上なく大切なもののように額に押し頂いた。

喜色に染まったリュークの顔を、クラインが忌々しそうに睨む。

「急いで読んで、二十五時までに破棄しろよ」

「破棄！　そんな、ルゥからの手紙を破棄するなんて、できるはずがない！」

とんでもないとリュークは叫んだ。

クラインが苦々しそうに顔を歪める。

「今のあんたにはできなくても、二十五時以降のあんたには、酷く簡単なことなんだよ。後生大事に手紙を取っておくと、後で〝自分〟がその手紙にしたことを知って死にたくなるけどな。それでもいいなら取っておくといい」

おそらくそれは、クラインの実体験なのだろう。

リュークの顔は絶望に染まった。

「……わかった。忠告に感謝する」

「感謝なんてしなくていい。そんなことをしている暇があったらこの馬鹿げた事態をなんとかする手段を必死で考えろ！　あんたは俺より賢いんだろう？　頼む！　頼むから！　なんとかしてくれ！」

必死な様子のクラインの心情は、そっくりそのままリュークと重なる。

「言われなくともそのつもりだ。絶対、何がなんでもこの呪縛を破ってみせる！」

ギュッと拳を握る。

二人の胸の内には、同じ少女の笑顔が浮かんでいた。

◇◇◇

その十五分ほど後。

フルールは幸せの絶頂にいた。

なぜなら、彼女の手の中に最愛の推しであるリュークからの手紙があるからだ。

毎晩、神睡時に姉から叩き起こされ、風魔法を使って王宮のリュークの部屋近くに行き、そこでリュークが起きるのをひたすら待っていたクラインが、ようやく成果を得たのだ。

「リューさまのご様子は――」

「悪い！　そこは手紙を読んでくれ。俺は意識がはっきりしている間に帰るから！」

若干焦りながらそう言ったクラインは、一目散に部屋から出ていった。

二十五時になってしまえば、再び『強制力』に支配されるのだ。そのときの自分がフルールに対しどんな態度を取るかわからないため、彼は急いで帰ったのだろう。

「もう慣れたから、今さら気にしなくてもいいのにね？」

まるで逃げるみたいだったなと思いながら、フルールは同じ部屋の中にいたスゥランを振り返り苦笑した。

「その言葉をクラインが聞いたら、きっと死にたくなると思いますから、言わないでやってくれますか」

そう言われれば、クラインは態度こそふてぶてしいのだが仕事には真面目だ。自分の不真面目な態度にフルールが慣れているなんて知ったら、ショックを受けるかもしれない。

フルールは「わかったわ」と頷く。

けれど、その後スゥランが「……不憫な子」と呟いた理由は、わからない。

それはともかく、クラインを見送ったフルールは、一心不乱に手紙を読み始めた。時間のない中で書かれたという手紙は短かったが、繰り返し繰り返し読む。

手紙に熱中していたフルールは、スゥランが静かに部屋を出ていっても気がつかなかった。

(ああ、リューさま！　私をこんなに気にかけてくださるなんて……幸せすぎます！)

あっという間に丸暗記してしまった手紙を胸に押し当てて感動する。

手紙の書き出しは、まず『会いたい』という切なる願いの言葉。

『会いたい。……会いたいよ、ルゥ。会って君の顔を見て心からの謝罪を告げたいけれど、それはまだ叶わないから、手紙を書くね――』

そして続くのは謝罪の言葉と、己がしてしまった――そしてまた今もし続けている行為への後悔と憤り。

『どうしてあんなことをしているのか、自分で自分がわからない。でも、どんなに努力し願っても、私が正気を保てるのは神睡時の一時間だけだ。きっと、今日もまたもうすぐ私は私が忌み嫌う〝私〟になるのだろう――』

それはゲームの『強制力』のせいだ。

リュークが気に病む必要はないのだが、彼はまだ真実を知らないため、悩み混乱し己が所業を悔いてしまう。

(文字にして書き残すのは危険だから、リューさまへの手紙にはゲームのことは書けなかったのよね。それに書けたとしても信じてもらえるかどうかわからないし)

なんと言っても荒唐無稽な話なのだ。

自分が生きている世界が異世界のゲームの世界だなんて言われても、フルールだって信じられないし、心情的に信じたくない。

これまで話したのは、スゥランとクライン、上王だけだが、よく信じてくれたと思う。

(まあクラインは、自分のしでかしたことがあまりに酷すぎて、理由がつけられるんならなんでもいい！　みたいなところがあったけど)

『本当に、俺のせいじゃないのか？　俺が嫉妬にくるったとか、未来に絶望して正気を失ったとか、そういう理由じゃないのか？』

乙女ゲームの『強制力』を説明した際に、彼はそんなことを聞いてきた。

いったい何に『嫉妬』して、どんな未来に『絶望』したのだろう？

わからないものの違うと否定すると、心底安心していた。

スゥラン曰く、男心はいろいろ複雑なのだという。

あまり詳しく聞かないでやってほしいと言われたため、『嫉妬』と『絶望』の原因はわからずじまいだ。

きっとリュークの心情も複雑なのだろう。

彼が気に病んでいるのなら、一刻も早く乙女ゲームのことを教えたほうがいいかもしれないと思う。

(自分が二重人格みたいになっているのは、不安だもの。信じてもらえるもらえないは別として、伝えたほうがいいわよね？)

でも手段はどうしよう？

一番手っ取り早いのは、クラインから説明してもらうことなのだが、おそらくクライン自身が乙女ゲームをあまり理解していないので難しいと思われる。

（クラインは、よくわからないけれど、何かの力が働いて自分が正気ではいられないってことだけしか理解していないみたいなのよね）

おそらくクラインは、理屈も何もかもをすっ飛ばし、フルールと姉のスゥランが言っていることだから信じられる！　と考えてそうだ。

（自分でもわからないのに、それを他人に説明するのは難しいわ）

だとすれば、やはりフルールが直接リュークに説明するのがベストなのだが――

しかし、真夜中である神睡時に、いくら婚約者とはいえフルールがリュークを訪ねられるはずがない。

（でもでも、神睡時のリューさまじゃなくっちゃ、説明しても意味ないし）

何か他に方法はないのだろうか？

フルールは考えこむ。

……そして、フッと思いついた。

（ゲームにない時間――神睡時は『強制力』が働かなかった。……だったら、ゲームに出てこなかった〝場所〟ならどうかしら？）

ゲームの主な舞台は、学園と王宮。それに王都の主要な場所は、背景としてゲームに何度も描かれている。

（王都でお買い物デートイベントとかあったのよね。あと、オープニングの世界観紹介みたいな画面に、白い壁と赤い屋根の街並みがたくさん出ていたわ）

ゲーム後半でヒロインたちは世界各地を飛び回る。となれば、そこで訪れた場所や通りすがりの街道などにもゲームの『強制力』は働くと思われた。

（でも、世界は広いわ！　ゲームでは存在すらも認知されていなかった場所が、きっとある。そこでも同じように『強制力』が働くのかどうか？　……調べてみる価値はありそうね）

とはいえ、フルールは公爵令嬢で学生だ。そうそう遠くへは出かけられない。

（近場でゲームにまるで出てこなかった場所はないかしら？）

フルールは一生懸命にゲームの内容を思い出した。

そして……思いつく。

（王都の下町！　私がOFFを過ごしている、あの家はどうかしら？）

元々は、ゲームでは存在すら語られなかった上王の隠れ家。

そして、今はゲームのフルールが絶対するはずのない〝かき氷屋〟を営（いとな）んでいる場所。

つまり、あの家はゲーム上完全に存在していない〝家〟なのだ。

（確かめてみなくっちゃ！　ああでも神睡時ならともかく、昼間のクラインをあの家まで連れていくのは難しいわよね？）

神睡時に連れていき、二十五時が過ぎても『強制力』が効かないか試すことは可能だが、予想が外れた場合のフォローが大変だ。まかり間違えば、寝ている間に拉致（らち）監禁しようとしたなどと誤解され騒ぎ出される。

（危ない橋は渡れないわ。……何か他にいい方法がないかしら？）

うんうんと、フルールは考えこむ。

彼女の希望が思いもよらず叶ったのは、その翌日。

ヒラヒラと靡くかき氷屋ののぼりの前に立ったのは、フルールの義弟、レインだった。

◇◇◇

レイン・ディ・ラウンには、幼い頃から気にかかる女性がいた。

彼女の名前は、フルール・ドゥ・ラウン。

レインより三ヶ月先に生まれた従姉で、今は義姉だ。

(……義姉弟になんてなりたくなかった)

これは嘘偽りのないレインの本音だ。しかし、お家の事情でレインの願いが叶うことは、この先絶対やってこない。

ラウン公爵家の一人娘であるフルールが王太子と婚約してしまったからである。

(たしかにフルールほど王太子妃に相応しい女性はいないけれど……でも、同じくらい公爵家の女当主にも相応しかったのに)

そしてできれば彼女の隣に、自分が立って支えたかった。

要は、レインはフルールの義弟ではなく配偶者になりたかったのだ。

そんな鬱屈とした感情を抱いていたレインが、義姉弟になったからといってフルールに素直になれるはずもなく、どこかギクシャクとした関係を続けていたのだが——

学園に入学したとたん、それがガラリと変わってしまった。

あれほど好きだったフルールへの関心が、まるでなくなったのだ。

(僕は、どうしたんだろう？　最近なんだかうまく考えがまとまらない)

何かを深く考えようとすると、頭に霞がかかったようにボーッとしてしまう。

そして、なぜかこうでなければならないという考えに囚われるようになった。

世界はすべて決まり切ったことで、自分はその中で役割通りに動く存在なのだ。

なぜか？　とか、どうしてなのか？　なんていうことは考える必要のないことで、世界はあるべき姿で紡がれていく。

そうだとわかっているのに、レインの胸の奥はいつでも重かった。

結果、彼はいつも不機嫌になってしまう。

唯一、学園で知り合ったプリムローズ・ラモー伯爵令嬢と会っているときだけは気分が高揚するのだが、彼女と離れたとたん心がモヤモヤと沈んでいく。

プリムローズの近くにいない自分にはなんの価値もないのだと、レインには思えた。

(こんなことじゃダメだ！　僕はもっと頑張って、プリムローズに〝選んで〟もらわないと！　そうでなければ、僕に存在価値なんてないんだから！)

深く考えることなく、レインはそう思う。

だって、それは考えるまでもない〝正しい〟ことだから。

自分がプリムローズのためにできることがないかと考えていたレインの目に留まったのは、フルールのおかしな動きだった。

彼女はある日突然、前の王である上王から直々に行儀見習いを受けることになったのである。

（しかも休日に泊まりがけだなんて！　いったいどうして？　いくら王太子妃になるからってそんな特別扱い聞いたことがないのに！）

フルールは行儀見習いの話が決まる直前、単身上王と面会している。当然、その中でこの異例の行儀見習いの話が出たのだろうと思われた。

（怪しすぎる。……きっと、フルールは上王さまを騙し行儀見習いと称して裏でコソコソ悪巧みをしているに違いないんだ！　僕がそれを暴いてやる！）

――レインは案外鋭い。

ただ、フルールが裏でコソコソやっているのは悪巧みなどではなく、趣味全開の気晴らしなのだが、さすがにそこまでは考えが及ばなかった。

レインは早速、行儀見習いがある休日の早朝、フルールの後をつけることにする。

そして、ヒラヒラと靡くかき氷屋ののぼりの前に立つことになったのだった。

ちなみに今の彼の衣装は、隠密調査のための庶民風。大きなハンチング帽を深くかぶり、フルールそっくりの目立つ紫眼を隠している。

いかにもお坊ちゃんらしい雰囲気がダダ漏れなので、変装としては五十点くらいかもしれない。

「――なんだ、これ？」

レインは開店間近のかき氷屋の前で、他人の目を気にすることもできず呆然(ぼうぜん)とする。

まあ、彼は生まれてこの方のぼりなんて見たことがないのだから、仕方ない。

しかし、そんなふうにボーッとしていると通行の邪魔になるのは当然で、近くを通りかかったいかついおっちゃんとぶつかってしまう。

「おっと！　危ねぇな、ボウズ。開店待ちをしたいのなら脇に避(よ)けていろよ。この店のかき氷は絶品だからな。もうすぐわんさと客がくる。おめえみてぇなやせっぽちは、突き飛ばされて吹っ飛んでしまうぞ」

ガハハと笑ういかついおっちゃんは、こう見えて案外親切だ。レインのように突っ立っていれば、もっと派手に突き飛ばされても文句は言えないところなのに、きちんと注意してくれる。

ただ、その庶民流の親切がレインに通じるかと言えば、そうではなかった。

「……きさま！　何をする？」

レインは青筋立てて怒鳴り出す。

「何をするも何も、ボウズがボーッとしてっから注意したんだろうによ」

「注意する前に、わざと僕にぶつかっただろう！」

「んなもん、ボーッとしているほうが悪いに決まっている」

「なんだと！」

このときのレインは、自分がこっそりフルールの動きを探っているのだということを、綺麗さっぱり忘れ去っていた。

店先で小競り合いなどすると、目立つ。

そして、店先が騒がしければ中から人が様子を見に出てくる。

レインとおっちゃんが言い争いをしているところに、カランコロンとドアベルの音がした。

両開きの店の扉の片側が開いて、迷惑そうに顔をしかめた赤髪の女性が顔を覗かせる。

「もう少しで開店ですから静かにお待ち——えっ？　レインさま！　なんでこんなところにいらっしゃるんですか？」

女性は、言わずと知れたフルールの侍女のスゥランだった。

レインを見つけた彼女はポカンと口を開ける。

「——え？　レイン？」

店の中からフルールの声も聞こえてきた。

(まずい！)

咄嗟にレインは逃げ出そうとする。

しかし、スゥランに見つかってしまったからには、それは果たせぬことだ。

日々クラインの首根っこを捕まえ慣れている彼女にとって、レインを止めることなど造作もない。

「は、離せ！　離せ！」

ジタバタと暴れるも、あっさり手首を掴まれ背中にひねり上げられたレインは為す術を失った。

「まあ！　実験材料が向こうからきてくれるなんて、ちょうどいいタイミングだったわ！　スゥラン、早く店にレインを入れてちょうだい！」

いかついおっちゃんがポカンと見ている中、レインは抵抗を封じられ店に連れこまれる。

「あと、『開店時間が少し遅れます』って外に張り紙をしてくれる？　――レイン、どうしてここにきたのかはわからないけれど、よくきてくれたわね！」

店内ではフルールが諸手を挙げてレインを大歓迎してくれた。

それを胡散臭いと思いながら……なぜかレインの心の内に〝喜び〟が広がっていく。

（…………喜び？）

フルールから満面の笑みを向けられて、彼の心はどうしようもなく浮き立っていた。

レインは首を傾げる。

いつの間にか、常に霞がかっていた頭がすっきりと冴え、重かった心は軽くなっていた。

「フルール…………え？　フルール？」

なんだかずいぶん久しぶりに顔を見た気がして、そう聞く。

「ええ。私よ、レイン。……気分はいかが？　体調はどう？」

「気分？　体調って？」

フルールとは毎日会っている。昨日も一昨日も、今朝だって嫌々一緒の食卓について朝食をとったのだ。きっとまだ食べてから一時間も経っていないはず。

それなのに、なんで久しぶりに顔を見たなんて気がするのだろう？

（それに……嫌々？　……どうして嫌々だと、僕は思った？）

頭はすっきりしているのに、なぜか混乱している。

「フルール……僕は？」

「うん。その様子なら、予想通り〝ここ〟には『強制力』が働かないみたいね。確かめられてよかったわ。きっとレインは私の悪巧みの証拠でも握ってやろうと思ってここに来たんでしょうけれど……でも結果オーライ！　大手柄よ！　ありがとう、レイン！」

なぜか上機嫌のフルールが抱きついてきた。

「なっ！　なっ！　急に何をするんだ!?　フルール！」

柔らかな胸が体に押しつけられて、レインは焦る。顔がカッカッと熱くなった。

「ああ、懐かしい。学園入学前のレインの反応だわ！」

「学園入学前？」

いったいどうしてそんな頃をたとえに出してくるのかわからない。

（……いや。本当にわからないのか？　…………僕は）

レインは考え始めた。

すると、フルールに抱きしめられて熱くなった顔から、急速に血の気が引いていく。

きっと顔色は真っ赤から真っ青に面白いように変化しているに違いない。

「フ、フルール。……僕は、今までいったい――」

徐々に自分が学園に入学してからの行いを思い出したレインの体が、震えた。

そんな彼の背中を、フルールがバシン！　と叩く。

「痛っ！」

「レイン、たぶんいろいろショックだと思うけど、とりあえず私のお願いを一つ聞いてくれる？」

言われてレインは、コクコクと首を縦に振った。

「聞く！　聞くよ！　どんな願いでも全力で聞く！」

だから、お願いだから、今までの自分の行いを許してほしい！

「そう。よかった。じゃあお願いね！　——今からそれを着てウェイターをやってくれない？」

それと言われて差し出されたのは、白くて四角い布。細長い紐が二本付いている。

——誰がどこからどう見ても、ショートエプロンだ。

「へ？　……ウェイター？」

「ええ。もうかき氷屋の開店時間が過ぎているのよ。きっと扉の前には、お客さまがたくさん並んでいるはずだわ。話は後にして、お店を手伝って！」

鬼気迫る勢いでフルールから頼まれたレインに、頷く以外の選択肢があるはずもない。

それから彼は、午前中いっぱい頭を空っぽにして、ひたすらかき氷屋のウェイターをしたのだった。

◇◇◇

思いもよらずレインがかき氷屋に来てくれたことで、フルールの予想は確かめられた。

閉店後のホッとした雰囲気の漂う店内で、彼女は考え始める。

（やっぱり、この場所には『強制力』が及ばないのね）

論より証拠。フルールの目の前のテーブルでは、レインがしょんぼりうなだれている。

店の片付けが終わった後で作ってあげた真っ赤なスリィルシロップのかき氷を、元気なくつついていた。

「……冷たくて、最高に美味しい！　……ああ、でも僕は今までなんてことをしていたんだろう。思い出すだけで……死にたくなる」

ひどく落ち込んでいるが、無理もない。

あの無茶苦茶な『強制力』の一番の怖さは、なんらかのきっかけで正気に戻ったときに、それまでの自分の言動がとてつもなく恥ずかしくなるということではなかろうか？

「気持ちはわかるけれど、元気を出してレイン。あなたのせいじゃないって、さっき説明したでしょう？」

「ああ。――ここが異世界の乙女ゲームとかいう仮想世界にそっくりだなんていう荒唐無稽な話は、本当ならとても信じられないことだし、ましてやフルールがその世界で生きた前世の記憶を持っているなんて、冗談がすぎるとしか言いようがないけれど……でも、何より僕自身の行いがその証拠になっているんだ。……信じざるを得ないよ」

がっくり落ち込みながらもレインは納得してくれた。

そうでなければ自分の愚行の説明がつかないのだ。

「……僕が精神を病んでいるって言われたほうが、まだ納得がいくんだけど」

「あらいやだ。その考えでいったら、リューさまも病んでいるってことになるじゃない！　リューさまに限ってそんなことはないわよ！」

間髪容れず、フルールはレインの言葉を否定した。

プーッと頬を膨らませる彼女に、レインが呆れたような顔をする。

「相変わらずフルールは、リューク殿下が好きなんだね。……あんな目に遭ったのに」

そのまま目を逸らして下を向いた。

視線を合わせられないのは、自分自身も酷いことをしたという負い目があるからだろう。

「もちろんよ！　言ったでしょう。悪いのはゲームの『強制力』だって。リューさまも、レイン、あなたも悪くないわ！」

きっぱり言い切るフルールを見たレインは、泣き出しそうな顔になる。

「ありがとう……君は変わらないんだね」

まだ入学して八ヶ月。そのくらいで人はそんなに変われないだろう。

「元気を出して、あなたには協力してもらわなくっちゃならないんだから！」

「うん。僕にできることならなんでもするよ。僕はどうすればいい？」

「とりあえず、実験につき合って！　……あ、もちろんそのかき氷を食べてからね」

パチンと片目を瞑ったフルールは、レインの手元のかき氷を指さす。

真っ赤なかき氷は溶けかかり、まだそれほど食べていないはずなのに量が三分の一になっていた。

「うわっ！　もったいない」

焦(あせ)ってレインが食べ始める。

それをフルールは優しく見つめていた。


その後、レインは何回もかき氷屋に出たり入ったりを繰り返した。

「う〜ん。やっぱり『強制力』の影響が消えるのは店内限定みたいね。この辺りは、王都でも下町だからいけるかと思ったんだけど……ゲームで流れた王都の景色の中にでも、チラッと出ていたのかなぁ？」

そんなに細かいところまで、よく覚えていない。

腕を組み首を傾げて考えこむフルールの横で、スウランとレインが両手と両膝を床について四(よ)つん這(ば)いになっている。二人が疲れているのは一目瞭然(いちもくりょうぜん)だ。

「お嬢さま、実験はもう十分ではないですか？　このお坊ちゃんと一緒に店を出て、様子がおかしくなったら無理やり連れ戻すっていうのは、口で言うほど簡単じゃないんですよ。もう、隙(すき)あらば逃げ出そうとするんですから」

「僕だってもう嫌だよ！　スウランに捕まる度に駄々(だだ)っ子みたいに喚(わめ)いてしまうし、店に入ってもすぐには戻らなくてフルールを罵(ののし)ってしまう。……情けなさすぎて死にそうだよ」

スウランは身体的に、レインは精神的に、もう限界のようだった。

たしかに二人の気持ちもわかる。特にレインは自分の失態と何度も向き合う羽目になっているのだ。恥ずかし死にそうになっているのも無理ないかもしれない。

「そうね。できればもう少し多方面に——たとえば裏口から出たらどうかとか、王都の中心方向へ向かった場合と外縁部へと向かった場合に違いがあるかとか、調べてみたかったんだけど……今日は、このくらいにしましょうか。続きはクラインを神睡時に連れてきて、そのままじっくり実験すればいいもの」

そうすれば、もっといろいろ調べることができるだろう。

もちろんクラインだって精神的にダメージを受けそうだが……まあそのくらい彼ならば我慢してくれるはずだ。

（少なくともレインよりクラインは打たれ強そうだものね。うん、きっと大丈夫よ！）

無責任にもフルールはそう考える。

いざとなればスゥランに姉の権威で命令してもらえばいい。

そんな決意を固めていると、どこか焦った様子でレインが話しかけてきた。

「神睡時だって!?　まさか、そんな真夜中にクラインと会うつもりなのか？」

「えっと？　さっき説明したわよね。この店以外で『強制力』が働かないってわかっているのは、神睡時だけだって。それ以外の時間にクラインと会っても、彼が私の言うことなんて聞いてくれるはずないもの。そうするしかないでしょう？」

何を当たり前のことを聞いてくるのかと、フルールは呆れた。

しかし、レインは血相を変えて迫ってくる。

「ダメだ！　ダメだ！　ダメだ!!　そんな真夜中に〝男〟と会うなんて！　ふしだらだ！」

「ふしだらって――」

フルールは口をポカンと開けた。

ふしだらも何も、もう何回もクラインとは神睡時に会っている。

「………えっと、レイン？　さっきの私の話を聞いていた？」

そのことについても、きちんと説明したつもりだったのだが？

「聞いた！　聞いていたけど、正直さっきは自分のことがショックで、クラインのことなんかどうでもいいっていうか、頭に入らなかったんだよ。でも今、はっきり理解した。今後はクラインと――ううん、誰であっても真夜中に男と会うなんて絶対ダメだから！」

目の前に来ていたレインは、両手でフルールの肩を掴み鬼気迫る表情で言い聞かせてくる。

「無理言わないでよ」

フルールはため息をついた。

「無理じゃない！」

「無理よ。『強制力』が効かないときと場所はものすごく限られているって言ったでしょう。わかっているものを最大限利用しなきゃ、私たちはいつまで経ってもこのままなのよ。……それともレインは今の状況でかまわないの？」

それはレインだけでなくフルールにも関係のあることだ。

レインは、フルールに悪役令嬢として理不尽な『強制力』に虐げられ続けろとでも言うのだろうか？

ジロリとフルールに睨まれたレインは、慌てて首を横に振った。

「違う！　僕はそんなつもりで言ったんじゃない！　ただ、夜中にフルールがクラインと会うのが嫌――心配で！　頼む！　僕がなんとかするから、クラインに会うのだけはやめて！」

それはとても聞けない相談だった。

「どうやって？　さっきから何回も実験したからわかるでしょう？　レイン、あなたはこの店を出たらものの数分も経たないうちに『強制力』の支配下に戻るのよ。そんな有り様で何ができるっていうの？」

「それは！　……でも、だったら神睡時の実験には僕がつき合うよ！」

レインの申し出に、フルールは首を横に振る。

「ダメよ。いくら義姉でも私が真夜中にレインの部屋に行くなんてできないでしょう？　それに、もしできたとしても公爵邸からこの店まで神睡時の一時間で移動できるのは、風の魔法が使えるクラインだけだもの」

つまり、レインは神睡時に目覚めても実験にはつき合えないのだ。

フルールの正論に、レインは押し黙る。

それでもフルールの肩から彼の手は離れなかった。

（本気で真夜中に私がクラインに会うことを心配しているのね。……もう今さらなのに）

どうやらレインはフルールが思っている以上に義姉のことを心配しているらしい。

フルールは仕方ないなと思いながら、自分の肩の上のレインの手に手を重ねた。

「大丈夫よ。相手はクラインだし、スゥランもいるから二人っきりにはならないわ」

「絶対！　絶対だよ！　………あと、クラインだから僕は心配なんだから！」

いやいや、クラインに限ってそんな心配はいらないだろう。

「心配性なのね、レイン」

「僕が心配性なんじゃない！　フルールが無防備すぎるんだ」

見解の相違というものは、いかんともし難い。

困った子ねと思いながらフルールは微笑んだ。


その後フルールは、「もう一生この店から出たくない！」とごねるレインをなんとか説き伏せて、公爵家に帰す。

仮眠をとって待っていると、神睡時にクラインが現れた。

「昼間にレインが来たって本当か!?」

開口一番確認され、フルールはキョトンとしてしまう。

「え？　本当だけど。スゥランから聞いたでしょう？　……ていうか、スゥランはどこ？」

神睡時にクラインを起こすため、スゥランにはいったん公爵家に帰ってもらったのだ。てっきりクラインが一緒に連れてきてくれると思ったのに。

「姉さんを連れて移動すると、いくら風魔法を使っても神睡時の間にここに着けないかもしれないからな。大体の位置を聞いて、途中で置いてきた」

あっさり告げられた内容に、フルールはびっくりする。

「えぇ？　こんな真夜中に！　危険じゃないの？」

「あの姉さんにその辺の破落戸が敵うもんか。そんな猛者がいるんなら会ってみたいよ」

それはそうかもしれないが……いや、やっぱり心配だ。

「私、迎えに行ってくるわ」

店を飛び出そうとしたところをクラインに止められた。

「大丈夫だって！　――それより、レインとどんな話をしたんだ？」

「大丈夫かどうかなんて、わからないでしょう？　――それにレイン？　別にレインとは特別な話はしていないわよ。クラインに話したのと同じ話をしただけ。さあ、もう離して！」

クラインはフルールの右手首をガッシリ掴んでいる。さすが騎士という握力で、ちょっぴり痛い。

その手をブンと振り払おうとしたフルールだが、反対に引き寄せられた。

「本当に？　あいつから迫られたりしていないか？」

体がくっつきそうな距離で尋ねられる。

赤い三白眼がギラリと光った……気がした。

そう言えばレインからは、真夜中にクラインと二人っきりで会うなと、〝迫られて〟お願いされたのだ。

約束を破ってしまったと思ったフルールは、ついつい目を逸らす。

そんな彼女の様子を見たクラインは誤解したようだ。

「やっぱり、迫られたんだな！　……チクショウ！　あいつめ」

なぜか怒り出す。

どちらかと言えば、怒りたいのは約束を破られたレインのほうだろう。

「クライン、落ち着いて！　そんなことよりスゥランを迎えに行かなくっちゃ。この手を離して！」

こんな深夜に女性を一人歩きさせているという事実に、フルールは焦る。

「そんなこと？　レインに迫られたのが〝そんなこと〟で済むのか！　お前のことだ。きっと迂闊に何かホイホイと約束させられたんだろう？　まったく隙だらけなんだからな！」

ずいぶん酷い決めつけである。

たしかにレインとは約束をしたが、それをクラインにとやかく言われる筋合いはないはず。

「私がレインと何を約束してもクラインには関係ないでしょう！　ともかく早くこの手を離しなさい！」

「本当に約束したのか？　いったい何を約束したんだ！」

ツンと横を向いたフルールの目の前に回り込み、クラインが問い質してくる。

「クラインに関係ないって言っているでしょう！」

「関係なくない！　教えろ！」

二人の言い争いは、いつまで経っても平行線だ。

いい加減に頭にきたフルールは、クラインに氷魔法をかけようとした。

（頭を冷やしてやるから！　氷漬けになって反省すればいいんだわ）

――このときはわからなかったが、たぶんフルールも冷静ではなかったのだろう。

そうでなければ魔法まで使おうとは思わない。

あわや大惨事か？　というところで、店の扉がカランコロンと開く。

こんな真夜中に正面から堂々と入ってこられる人物は限られている。

当然それはスゥランだ。

夜の街を疾走してきたのだろう。いつもきっちり結んでいる赤髪は乱れ、息もハアーハアーと上がっている。

彼女は店の中をジロリと睨んだ。茶色の目が物騒に光る。

「クライン！　あんたって子は!!」

真夜中の街中で突然弟に置き去りにされたスゥランが、怒っていないわけがなかった。

「ひぇっ！」

姉の剣幕に怖れをなしたクラインは、たった今までの言い争いもどこへやら、フルールの背中に隠れようとする。……まあ、体格差からまるっきり隠れられてはいないのだが。

「どうして私を途中で放り出したの!?」

「ご、ごめん！　姉さん。神睡時の間に俺がこの店に着かなかったらまずいと思って。……苦渋の決断だったんだよ！」

体を縮こまらせ、フルールの背中から顔だけ出したクラインは、恐る恐る言い訳する。

もちろん、そんな主張は通らなかった。

「そのときは、私があなたを引き摺ってここに連れてきていたわよ！」

「あ、いや、それはちょっと――」

「ちょっとじゃないわよ！　しかもやっとのことで店に着いてみれば、お嬢さまと言い争っている声が聞こえるし――クライン、あなたには自分の立場ってものを一度徹底的にわからせてあげたほうがいいようね？」

ボキボキと指を鳴らしながら、スゥランがクラインに迫ってくる。

「………うわぁぁぁ！　フルール、助けてくれ！」

クラインは逃げ出した。――もっとも店の中をグルグル逃げ回るだけではあるが。

始まってしまったドタバタの姉弟ゲンカに、いつの間にかフルールの怒りは消え去る。

ケンカと言いつつ一方的にクラインがやっつけられている様は……いい気味だ。

「フルール～!!　助けてくれぇ！」

「なんで私が？」

助けてやる気などさらさらないフルールだった。

その後、ちょっとドタバタはあったものの、神睡時が過ぎても自分がまともなままだとわかったクラインは大喜びし、率先して実験につき合ってくれた。

まあ実験とは言っても、スゥランがクラインを連れて外に出て『強制力』の有無を確かめ、その後無理やり連れ帰るということを繰り返すだけ。

おかげで実験範囲も近場に限られる。

結果判明したのは、次の二点だった。

まず、この近くの通りという通りは、ほとんど『強制力』の支配下にあること。

そして、他の店や公共の施設等もほぼ同様だということ。

ほぼというからには例外もあるのだが、あちこち訪ねた中で唯一『強制力』が効かなかったのは、パチャオという珍しい異国の料理専門店だけだった。

(パチャオは、ゲームの中には出てこない料理だからそのせいかしら？　パチャオっていう国そのものが小さい上にとんでもない遠国のせいで、王都の人間でもそんな国があるってことを知らない人のほうが多いのよね。料理そのものも独特のクセのある香辛料を使うから好き嫌いが分かれるし)

そんなクセのある超マイナー国の料理店がなぜこの辺りにあるのかだが——原因は上王。

パチャオ料理は上王の好物なのだ。

(それで上王さまの隠れ家があったこの地域に料理店を開いたみたい。……ゲームの中にはなかった料理だから、店も『強制力』が及ばないのかもしれないわ)

かてて加えて、上王その者もゲームには登場しない。つまりあの店は、料理も店ができた由来もまったくゲームに存在しないものなのだ。

そして、これらの事実からフルールはある一つの推測を導き出す。

(上王さまのお邸なら『強制力』が効かないんじゃないかしら？　王城に近いからゲームの背景に

入っているはずだと思って除外していたけれど……実際に描かれていたかどうかは覚えていないし、それにこの店だって面している通りは『強制力』が効くのに、店内には効かないわ！　だったら、場所というよりもゲームの世界に存在していたかどうかが決め手なんじゃないかしら！）

上王という存在がいなかったゲームには、当然上王の邸も存在しないはずだ。

であれば、推測が的を射ている可能性は高い。

（もしそうなら、リューさまをなんとかして上王さまのお邸に招くことができれば、『強制力』が解けるかも！）

そうすれば、時折目覚めて神睡時に後悔に苛まされるリュークに、事情を説明する機会を得られるかもしれない。

——そして、『強制力』が働く前の、フルールを見つめてくれたあの優しい眼差しにも再び会えるかもしれないのだ。

上王はリュークの祖父だ。

今は『強制力』のせいで仲がギクシャクとしているが、なんとか理由をつけて邸に招くくらいはできるのではないだろうか？

成功するかどうかは一種の賭けだが、試してみても損はない。

（上王さまにお願いしてみよう！）

フルールは覚悟を決めた。

そして、フルールは賭けに勝った。

「――ルゥ！」

嫌がるリュークを宥め賺し、なんとか上王が自分の邸に彼を招いたその日。

別室で待機していたフルールのもとに、リュークが転がるような勢いで駆けてきた。

「ルゥ！　ルゥ！　ああ…………君だ！　私は、もう二度と君をこうして抱きしめることはできないと絶望して――」

彼は泣いていた。

いつも冷静沈着。『強制力』の影響下にあるとき以外は、気品と威厳を損なったことのない王太子が人目も憚らずフルールに縋って涙をこぼしている。

痛いほどの力で抱きしめられて、フルールの目にも涙がこみ上げた。

「リューさま」

「ルゥ、済まない、ルゥ！　どれほど謝っても謝りきれないし、許してもらえるとも思わない！　でも、ルゥ、私は――」

「大丈夫です。リューさま。リューさまのせいじゃありませんから。リューさまが悪くないのはわかっていますから！」

「ルゥ！」

どれほど謝っても謝りきれないと言ったのは本気だったようで、その後もリュークは謝罪を繰り返し、その度にフルールは「リューさまは悪くありません」と慰める。

「――いい加減に離れろ！」

そんな二人を引き離したのは、クラインとレインだった。

きっと呆れているのだろう、フルールの護衛騎士と義弟の機嫌はすこぶる悪い。

「あんなことをしておきながら堂々とフルールを抱きしめるなんて！」

「本当に図々しいですね。その厚顔は尊敬に値しますよ」

しかしリュークも言われっぱなしではいない。

「君たちだけには言われたくないね。君たちだってルゥに〝縋って〟許してもらったはずだ。……それも私より先に」

「なっ！」

「謝るのは当然でしょう！」

「ああ。だから私も謝っている。私の婚約者にね。……邪魔をしないでもらおうか」

なぜか三人は睨み合った。

一歩も引かぬ雰囲気の彼らの間に割って入ったのは、上王だ。

「おいおい、いい加減にしておけ。若者の熱情ゆえの暴走は嫌いじゃないが今はそんなときじゃないだろう？　――フルール嬢、リュークに説明するついでに我々にももう一度詳しく乙女ゲームや『強制力』について教えてほしい。今後の対策を練るために必要だからな」

上王からの依頼に、フルールは「はい」と頷く。

リュークたちにも否やがあるはずもなく、彼女は乙女ゲームについて話を始めた。

その後、フルールの話を聞いたリュークはかなり驚いた。

それでも最後は「信じる」と断言してくれる。

クラインやレインと同じく、己がした愚行に理由がつくのならどんなに荒唐無稽でも受け入れられるということもあったようだ。

「――ルゥに前世があって、しかもこの世界がその前世にあった乙女ゲームというものと同じ世界だなんて……本当にそんなことがあるのだね」

言葉にして、どこかホッとしているようにも見える。

「フム。あらためて聞いてもやはり不思議だな。……なぜそのようなことが起こるのか、心当たりのようなものはないか？」

上王に問われて、フルールは考えた。

「そうですね。……前世であった同じような物語の中では、原因として神の関与を示唆するものが多かったです」

「神？」

「はい。乙女ゲームを気に入った神――たいていは創造神ですが、その神がゲームそっくりの世界を創り出したというものです」

神はラノベではおなじみのキーマンだ。そもそも『異世界転生』や『時間の遡り』などの超常現象を理由づけるのに神の力ぐらい便利なものはない。次いで魔王、ドラゴンくらいだろうか？

上王が顎に手をやり「フム」と呟く。

「神か。……神ね。なんとも都合のいい理由だが……それは、案外あり得る話かもしれないな」

「え？」

フルールや他の者たちはびっくりした。

上王が片目をパチンと瞑る。

「考えてみなさい。神がそういった物語を好むのはよく知られた話だよ。だからこそ世界各地の様々な祭事で、芝居や演劇が神に奉納されている」

言われてみれば、その通りだ。

しかしいくら物語好きでも、ゲームの登場人物をリアルで創造するのはいかがなものだろう？

少なくとも、それで創られたほうはたまったもんじゃない。

しかも強制的に登場人物の行動を縛るとか、いろいろやり方が間違っているだろう！

段々腹が立ってきたフルールだが、上王は機嫌よさそうに笑う。

「もしそれが本当なら……道は見えたな。要は、乙女ゲームとかいうものの内容よりもっと優れたシナリオを、こっちが神に見せてやればいいのだろう？」

上王は人を驚かせるのが好きらしい。「どうだ？」と視線を向けられて、フルールは戸惑った。

「……もっと優れた？」

ポカンとして聞き返す。

「ああ。そんな先の見えているゲームのシナリオなんかより、もっと胸躍るワクワクとした物語をこちらが神に見せつけてやればいいのだよ。つまらぬ『強制力』など不要だと思わせるようなモノをな」

にこやかなのに、上王の笑みは獰猛だ。

『見せつけてやる』とか『つまらぬ強制力』とか、どう見ても神にケンカ売る気満々である。

「ちょっ！　ちょっと待ってください！　まだ、本当に神さまのせいだと決まったわけではないですよ！」

「なぁに、違っていてもかまわんさ。どのみち『強制力』をなんとかしようという目標は同じだろう？　単に心構えの問題だ。――〝敵〟は大きいほうが、倒しがいがあるからな」

（やっぱり！　神さまを敵認定している～！）

フルールは焦った。

そんな不敬な心構えで、本当にいるかもしれない神さまの不興を招いたらどうするつもりなのか？

なのに、上王の言葉を聞いたリュークは、目をらんらんと輝かせ身を乗り出した。

「さすがです！　おじいさま。仰る通りです。神の度肝を抜いてやりましょう！」

冷静沈着、品行方正な王太子は、どこに行った？

（ああ、でもこんなリューさまもステキだわ！　っていうか、しばらく『強制力』に操られたリューさましか見ていなかったから、こっちのリューさまのほうが数万倍ステキ！　……でもでも、神さまを敵に回すのはマズいんじゃない？）

ところが、そう思うのはフルールだけのようだ。

「そいつはいいな！　神だろうがなんだろうが関係ない！　俺は、この忌々しい『強制力』をぶっ潰すためならなんだってやるぜ！」

クラインが手を組んで、指をボキボキ鳴らす。

「僕らを操ったことはともかく、フルールを傷つけたことは、たとえ神でも万死に値します！　絶対に許せません！」

静かにフツフツと怒るレインには、妙な迫力があった。

「ああ、そうだ。――私たちが何より怒るべきは、『強制力』なんていうわけのわからないものでルゥを悲しませ、彼女の名誉を傷つけたこと。この『強制力』を断ち切るためならば、どんなことでもしてみせよう！」

力強く宣言したリュークに、クラインとレインが大きく頷く。

（え？　え？　え？　本当にいいの？）

狼狽えるフルールの横で上王が「若いとはいいのぉ」と他人事のように笑った。

（煽るだけ煽っておいてその態度！　上王さま、どうするおつもりですか⁉）

フルールの心の叫びは、どこにも届かずむなしく消えた。

その後、話し合いが終わり上王の邸を辞する前に、フルールはリュークに請われて彼と二人だけで話す時間を持った。

クラインやレインは不満そうだったが、リュークが「どうしても」と願い、フルールが「はい」と頷いたので、それ以上反対できはしない。

「絶対、泣かすなよ！」

「姉さま、今晩神睡時に絶対僕を起こしてどんな話だったか聞かせてください」

クラインもレインも心配性だ。

「心外だな。『強制力』が効いていないこの場所で、私が大切なルゥを泣かせるはずがないだろう。……それに、この後の話は婚約者同士の親密な話だ。デバガメ根性は控えてもらおう」

リュークの言葉に、二人は悔しそうな視線を返す。

フルールは、まあまあと三人を宥めた。

そしてリュークと二人で部屋を移る。

案内されたのは、南向きに大きな窓のある小さいけれど広く感じられる個室だ。

窓際に置いてある二人掛け用のソファーに並んで座り、フルールは自分のほうから口を開く。

「リューさま、謝るのはなしですよ。もう十分謝罪してもらいましたから」

すると、リュークが苦笑した。

「わかった。本当は一生かけて謝っても謝り切れないと思うけれど、ルゥがそう言うなら今はやめるよ」

一生かけても謝り切れないは言いすぎだ。

本当にリュークは責任感の強い誠実な人なのだと、フルールは感じ入る。

今後も謝ってほしくはないけれど、それでも今は謝らないでくれると言うから、頷いた。

リュークの右手が伸びてきて、フルールの左手に触れる寸前に止まる。

「――触れてもいい？」

小さな声で聞いてきた。

フルールは思わずクスリと笑う。

「さっき、たくさん抱きしめられましたよね？」

「あれは！　……その……あのときは、思いを抑えられなかったから。でも今は……もし、君が私に触れられたくないと、そう言うのなら、我慢する。――私は、君にそう思われても仕方ないことをしたのだから」

リュークの眉間に苦悩のための深いしわが刻まれる。

フルールは慌てて自分から彼の手をとった。

「リューさまに触れられたくないなんて、あるはずありません！」

急いでそう言うと、ホッとしたような笑みが返ってくる。

軽く握っていた手がほどかれて、すぐに指と指を交互に組む形で握り直された。

ぬくもりがしっかりと伝わってきて、フルールの肩から力が抜ける。

（ああ、リューさまの手だわ。……こんなふうに手を握るのは、いつぶりかしら）

手の温度が体中に染み渡り、心の底から喜びがこみ上げてくる。

ここにいるのは、『強制力』が働く前の、優しく心を交わしていた頃のリュークだ。

彼の存在を確かめたくなったフルールは、握っている手にキュッと力を入れた。

ピクリと震えたリュークの手が、同じ強さで握り返してくる。

それがとても嬉しくて、自然と彼の肩に頭を乗せた。

再びピクリとリュークの体が震える。

やがて、ホーッと大きく息を吐く音が聞こえた。

「…………ルゥ、ありがとう」

万感の思いがこもっているだろう声は、なんだか泣き出しそう。

フルールもまたこうして二人でいられることに感謝した。

安堵と心地よさに浸っていると、組んだ指がゆっくりと動き始める。

手の甲を撫でられたり、指を一本一本確かめるように握りこまれたり。まるでフルールの存在を確かめるかのような動きに、心がくすぐったくなってきた。

（リューさまも心地よいと思ってくださっているのね）

間違いなくそうだろう。

手と手の触れあいに最初はほんわかしていたフルールだが……徐々に落ち着かなくなってきた。

（な、なんとなく、優しいというより、ちょっと妖しい動きになったような……）

いや、ただ単に手を触れられているだけなのだから、そんなふうに思ってはいけないのだろうが——手のひらを指で撫でられたり、親指の付け根から手首にかけてゆるくこすられたりして、なんだか頬が熱い。

（じ、自意識過剰よね！　でも！　……あ、そうよ！　私たち、二人でお話をするために個室に移ったのに、全然話せていないじゃない！　お話よ、お話ししなくっちゃ！）

フルールは、突如そう思う。

むしろ、なぜリュークは何も言わないのだろう？

（ひょっとして私から話しかけてくるのを待っているの？）

迷っていると、やがてリュークが両手でフルールの手を包み込み、手首やその上の腕までも撫でてきた。

背中からお尻のあたりにゾクゾクッとしたしびれが走り、フルールは焦って姿勢を正す。

「あっ！　……あの、その……そうだ！　謝らなければならないのは私のほうです！　リューさま、今まで黙っていてすみませんでした」

ついついそんなことを叫んでしまった。——とはいえ、これは本当に言わなければと前から思っていたことで、それゆえ咄嗟に出たもの。

フルールに謝られたリュークは、慌てたようにソファーから立ち上がった。彼女の前に回りこむと、床に直接膝をつき、顔を至近距離で覗きこんでくる。

ちなみに手はまだ握られたままだ。

「ダメだよ、ルゥ、謝らないで。君は何一つ悪くない。あんなに大変な内容なら話せなくて当然なのだから。……でも、それでも私には話してほしかったとは、思ってしまうけれど」

美しい碧の瞳が悲しそうに伏せられた。

「――もし話していたら、信じてくださいましたか？」

「それはわからない。……ああ、いや、きっと私は君のことは信じられても、君の話そのものは信じられなかっただろうな。――君を騙そうとした誰かに嘘を吹きこまれたか、最悪魔法にかけられているのかと、疑ったと思う」

少し考えこんだリュークは、無念そうに言うと首を横に振った。

――それが当然だろう。

立場が逆ならフルールだってそんな話は信じない。

たとえリュークがどんなに最愛の〝推し〟であったとしても、あまりに荒唐無稽すぎるのだ。

だから気にしなくてもいいのに、リュークは悄然として項垂れた。

「君は、ただでさえ異世界転生なんてものをして心細くてショックを受けていただろうに、君を支えるべき私は、君の言葉を信じられないんだ。……これでは、君に頼ってもらえなくても仕方ない。…………私は、本当に婚約者失格だ」

まるで塩をかけた青菜のように、うつむき萎れる。

「リューさま！　そんなことはありません！　私にとってリューさまは、いつでも最高に頼れる

〝推し〟なのですから！　……だからこそ私は、おかしな話をしてリューさまに嫌われたくなくて、それで言い出せなかったんです」

勇気がなくて相談できなかったのは自分のほう。

そう思った彼女は、必死にリュークを慰める。

リュークは少し上を向いた。

「――推し？」

不思議そうに聞き返してくる。

そう言えば、転生したことや乙女ゲームの説明はしたが『推し』の説明はしていなかった。

落ち込む一方だった彼の気持ちを浮上させたくて、フルールは勢いこんで説明する。

「推しというのは一番好きな人というか、応援したい人のことです！　この人のためならなんでもできる！　って思える人で、そこにいてくれるだけで幸せになれる、そんな人です！」

一生懸命言葉を重ねると、リュークの頬が赤くなった。

「その推しというのが、私？　……ひょっとして、ルゥはこの世界に生まれる前から私のことを好きでいてくれたの？」

面と向かって聞かれて、フルールはハッとする。

「あ！　あの、それは、その――」

なんだかものすごい告白をしてしまった。

自覚したとたん、顔が一気に熱くなる。

「推しは！　その、好きは好きでも、もっと尊いっていうか、その……違って――」

「……ああ。違うのか。そうだね。私みたいな頼りにならない男を、ルゥが好きでいてくれるはずはないな」

フルールが言い淀んだせいで、リュークが再び下を向いた。

肩までズンと落ちて、今にも倒れそう。

違う！　違うのだと言いたくて、フルールは口ごもる。

（ダメよ。今、ここで『違う』と言ったら、違うほうに誤解されそう！　違うんだけど、違わなくて――ああ、もう、どう言えばいいのかわからない！）

何がどう違って何が違わないのか、フルールは自分でもこんがらがってきた。

どうしようと悩んでいるうちに、リュークが顔を上げる。

碧の瞳が、ひたとフルールに向けられた。

「でも、それでも！　私は、君を〝愛している〟」

そう告げられる。

「――え？」

フルールはパチパチと瞬きした。

（え？　聞き間違い？　――今『愛している』って聞こえたけど？）

呆然としていると、両手を強く握られる。

自分の手ごとフルールの手を胸の前に持ってきたリュークは、それがこの上なく大切なもののように捧げた。

「ルゥ、私は君を愛している。……こんなことになって、神睡時に目を覚ます度にずっと後悔していたんだ。──私は、もっと以前から素直に自分の想いを君に伝えておくべきだった。愛していると繰り返し告白するべきだった。──ルゥ、君を愛している。何度でも言うよ。婚約者だからとかそういうことではなく、たとえそうでなくとも私の愛する人は君だけだ。──私が、婚約者という立場に胡坐をかかず普段から君に想いを告げておけば、たとえ『強制力』に従わされた〝私〟が君を傷つけても、君は私を信じられたかもしれなかったのに。そうすれば君の傷はもう少し軽かったかもしれない。──だから、もう後悔なんてしたくないから。君に告げたい。……ルゥ、君を愛している。私の妃は君以外に考えられない。たとえここを出た〝私〟が何を言おうとも、本当の私の気持ちを君の胸に刻んで、忘れないでいてほしい！」

──突然の告白を受けて、フルールは呆然とした。

頭の理解が追いつかない。

ただ──頭は理解しなくとも、心は素直だ。

喜びが……愛していると言ってもらった感動が……胸の奥から湧き上がってくる！

「リューさま……リューさま、本当ですか？」

「ああ。神に──いや、神ではダメだな。ルゥ、私の一番大切な存在で一番信じている〝君〟にかけて誓う。……ルゥ、愛している」

ポロポロと涙がこぼれ出す。

「ああ、ルゥ、泣かないで。私は君を泣かせないと約束したんだから！」

身を乗り出したリュークがフルールの体を抱きしめてくる。

――これで「泣くな」なんて、無理だ。

「リューさま、リューさま。…………私でいいのですか？　私が、リューさまを幸せにできるのですか？」

――いや、一時は自分でもリュークを幸せにできるかもしれないと夢みて……そして、それを無残に打ち砕かれた。

フルールは悪役令嬢だ。自分にそんなことはできないとずっと思ってきた。

だから諦めたのに――諦めなくとも、また信じても、いいのだろうか？

泣きながら迷うフルールに、リュークが願う。

「ああ。ルゥ、君だけだ。君がいい。……君だけが私を幸せにも不幸にもできるから、だからできれば幸せにしてほしい。君がくれる幸せ以外は、私はいらないから」

きっぱりと宣言されて、フルールは泣きながら頷(うなず)いた。

「リューさま。嬉しい。……私も、私もリューさまを愛しています。リューさまを幸せにしたい。リューさまと幸せになりたい！」

「ルゥ！」

――二人は、しっかりと抱き合った。

互いに互いの存在を感じ、湧き上がる喜びを噛みしめる。

見つめ合い――キスをした。

それは、とても自然な行為だったから。

「ルゥ、愛している」

「リューさま。私も」

この邸(やしき)を出れば、再びリュークは『強制力』の支配下に落ちるのだろう。

冷たくフルールを見つめ、憎悪をぶつけてくるに違いない。

二人ともそれを知っていたが、それでも今の二人の想いを止めることはできなかった。

「――ルゥ、必ず私は『強制力』に勝ってみせる」

やがて、リュークがそう言う。

今までよりも何倍も強く。

「私も手伝います。リューさま。きっと方法はあるはずです」

『強制力』の効かない神睡時を見つけ、『強制力』の効かない場所を見つけ、こうして二人は想いを確かめ合えた。

だから、きっと完全に『強制力』を破ることもできるはず。

フルールもリュークも、そう信じる。

信じて進むことが自分たちの幸せにつながるたった一つの道なのだと、二人は知っていた。

――互いの想いを確かめ合い、『強制力』に立ち向かう決意を固めたフルールとリュークだが、だからといって一朝一夕に状況を逆転させる妙案が出るはずもない。

相変わらず『強制力』は万能で、フルールやリュークたちに乙女ゲームの役割を押しつけてくる。

なんとか逆らいたいと思うのだが、そうそう頻繁に上王の邸やフルールの店に彼らが集まれるはずもなく、むしろ『強制力』の支配下にある日中のリュークやクライン、レインは無意識にそういった誘いを避けるため、話し合いをする機会すらもなかなか設けられない日々が続いた。

そして瞬く間に二ヶ月が過ぎ、入学式から一年が経ってしまう。

本日、学園では上級生の卒業式があり、ついにフルールはリュークに婚約破棄されてしまった。

ちなみに婚約破棄の引き金となった『在校生代表挨拶阻止事件』なのだが、元々在校生代表はフルールに決まっていたので、事件そのものが成立しない。

当然プリムローズの制服をズタズタに破ったのもフルールではなかった。そんな必要性は何もなかったのだから疑う余地もないだろう。

つまり、最初から最後までまったくの冤罪だったのだ。

おかげで『強制力』の効かないごく一部の生徒と教師は、一連の婚約破棄騒動をキツネにつままれたような顔をして見ていた。彼らには、どうしてこんな騒動が起こり婚約破棄になったのか、さっぱり訳がわからなかったに違いない。

ただ悲しいかな彼らは、己が常識を疑ってしまうような出来事に、この一年で慣れきっていた。

「ああまたか」と思った人々は、それ以上追及することを諦める。

そして、たとえきっかけが理不尽な冤罪とはいえ、婚約破棄は婚約破棄。王太子リュークの口からその宣言が出たからにはもはや取り消すこともできず、確定事項となる。

悲嘆に暮れ疲労感に押し潰されそうになって、フルールは学園から離れた。

一人で公爵家の馬車に乗りながら、胸にこみ上げてくるのは、婚約破棄されるとわかっていたのに何もできなかったことへの後悔だ。

(プリムローズさんの制服になんて私は近づきもしなかったのに！……いったい誰が制服を破ったのかしら？『強制力』の力で自然にボロボロになったのかな？)

今までの滅茶苦茶を考えれば、あり得ないことでもない。

そうは思うのだが、フルールはどうにも違和感が拭えなかった。

何より気になるのは、プリムローズが見せた愉悦感に満ちた若草色の瞳だ。

(あんな目つき、ゲームのプリムローズなら絶対にしないのに！)

それ以外のことでも、思い返せば返すほどゲームのプリムローズと現実のプリムローズの違和感が強くなる。

悶々としているうちに彼女の乗った馬車が目的地に着いた。

そこは、王宮近くの一等地に建つ上王の邸。

フルールたちは、何日か前の話し合いで、今日は何を差し置いてもここに集まろうと決めてあったのだ。

(クラインもレインも、スゥランに無理やり連れてこられているはずよね)

そう思いながら邸の重厚な扉を開いたフルールを、ドン！　という衝撃が襲った。

「――ルゥ！　ルゥ！　済まない!!」

ものすごい勢いで抱きついてきたのは、つい先刻彼女に婚約破棄を突きつけたリュークその人だ。

学園から王宮に戻り意気揚々と婚約破棄の報告をしたリュークを、半ば引き摺るような形で上王がこの邸に連れてきたのは、つい先ほどだそうだ。

「ルゥ、不甲斐ない私をどうか思う存分詰り責めてくれ！　私は、自分で自分が許せない！」

邸内に一歩足を踏み入れたとたん、リュークは絶望してその場に崩れ落ち、フルールの姿が見えるや否や謝り倒してきたらしい。

見れば、広い玄関ホールの隅には、蹲るクラインとレインの姿もあった。

絶望感と悲壮感が、半端ない。

もちろんこうなってしまうだろうということは、あらかじめ全員の間で認識済みのことだ。それなりに覚悟を決めて今日の卒業式に臨んだのだが――それでも実際に起こってしまえば、婚約破棄したほうもされたほうもそしてそれに巻きこまれたほうも、傷つかないはずがない。

「……僕もあれほど今日はプリムローズに近寄らないようにしようと固く誓っていたのに」

ブツブツと呟くレインの落ち込みようは、クラインより酷い。

なぜなら、彼は本日プリムローズの後ろに付いていた二人の内の一人だったから。

つまりレインは、プリムローズによって五人から三人に絞られた攻略対象者の一人に選ばれてしまったのだ。

リューク、レインときて最後の三人目は、生徒会顧問の次期侯爵。

三人選ばれるというのはレインも知っていたのだが、どうやら彼はその中に自分が選ばれることはないだろうと高を括っていたらしい。

「なんで？　どうして僕が〝三人〟の中に入ったんだ？　絶対僕よりクラインのほうがプリムローズの傍にいたし、親しかったよな？　クラインはリューク殿下の次にプリムローズと仲がよかったはずなのに！」

ところが、ふたを開けてみれば、クラインは選ばれずレインと生徒会顧問が選ばれてしまったという結末。

納得なんて到底できるはずがない。

そんな彼に対し、上王が話しかけている。

「これは話を聞いた限りでの推測だが――おそらく、単純に身分の高い順に選んだのではないかな？　王太子に、公爵家の跡取りに、次期侯爵。……フム。そのヒロインという小娘はずいぶんと俗物らしい」

順番に指を折りながら上王はうっすらと笑った。

それを聞いたレインが膝から崩れ落ちる。

身分だけで選ばれたと聞かされたなら、誰しもそうなるに決まっていた。

反対にクラインは元気を取り戻し、両手でガッツポーズを決める。

「ヨッシャ！　俺、平民でよかった！　今日くらい自分の出自に感謝したことはないぜ。……でもそうだな。そう言われれば、俺と同じく選ばれなかった〝カール〟も平民だ。……たしかプリムローズの幼なじみだって話で結構仲がよかったはずなんだが。……どんなに親しくとも平民には用がないってか？　ハン、本気で選ばれなくてよかったぜ」

吐き捨てるような彼の声には侮蔑が混じっていた。

一方フルールは、首を傾げてしまう。

「――本当に身分の高い順に選んだのかしら？　そうだとしたら、おかしいわ」

「おかしい？　誰が見ても一目瞭然であろう？」

上王が不思議そうに聞いてくる。

たしかにゲーム『月の虹』を知らない者ならそう思うだろう。

「プリムローズの幼なじみのカールは、実は東の大国リアテュルグの王子なのです」

フルールの言葉に、全員が息を呑んだ。

「えええええっ⁉」

次いで、驚きの声が響き渡る。

「ルゥ、それは本当かい？」

自分を抱きしめたまま聞いてくるリュークに、彼女はコクリと頷いた。

「少なくともゲームの中ではそうでした。――カールは、即位する前のリアテュルグ現王が寵愛していた平民女性との間にできた第一王子なのです。彼の存在を面白く思わなかった正妃の手で暗殺されそうになり、我が国に逃げてきたという設定でした。彼を逃がす際に、リアテュルグ王は家宝の一つである月光石を持たせたのですが、それがゲーム後半の冒険の旅で役立つ重要アイテムになっているので間違いありません」

カールが三人に絞(しぼ)られた攻略対象者の中に含まれていれば、労せず重要アイテムをゲットできる。それゆえゲームのプレイヤーの中では、個人の好みは別にして彼を三人の中に選ぶのが常識だった。その確率は他の誰より抜きん出ている。

(みんな攻略本とか攻略サイトとかを見て知っているから、絶対カールを選ぶのよね。だからってリューさまより多く選ばれるのは、ちょっと納得できなかったんだけど！　私は、それが気に入らなかったから三回クリアしたうちの二回は彼を選ばなかったわ。多少苦労するけれど、アイテムなしでもイベントクリアはできるもの！)

重要アイテムは、あれば便利だが必須アイテムではない。それでも、普通のプレイヤーならばより簡単にクリアできる道を選ぶのが当然だ。

しかもカールルートのトゥルーエンドでは、彼がリアテュルグ王国の世継ぎの王太子になるのだ。もちろんヒロインは王太子妃となる。

身分順で考えるのなら、リュークに次ぐ二番目はカールで間違いない。

——ちなみに、同じ王太子だったらリュークと同点一位だろうという意見は受け付けない！

(やっぱり一位はリューさまよ！　それ以外は、絶対認められないから！)

……まあ、それはそれとして。

今日の卒業式でプリムローズはカールを選ばなかった。

これまで見てきた彼女の性格を思えば、考えられない事態と言っていい。

――もっともこれはすべて、乙女ゲーム『月の虹（にじ）』をプレイしていた前世を持つフルールならではの知識。プリムローズが普通のヒロインならば、カールの正体を知らないはずで、彼を選ばなかったとしてもなんら不思議ではないのだが。

同じように考えたのだろう、クラインが声を上げた。

「でも、プリムローズはそういう事情を知らないんだろう？　だったら今の時点でカールを選ばないのはおかしくないいんじゃないか？」

それは、まさしくそうなのだが――フルールは首を横に振る。

「プリムローズさんは、私と同じ『異世界転生者』だと思います。しかも、このゲームの知識を十分に持った」

きっぱりと言い切った。

聞いた全員が、驚いた顔をする。

「……フム。根拠は？」

代表して上王が聞いてきた。

フルールは大きく息を吸う。

「プリムローズさん――本当のヒロインは、もっと可愛らしくて素直な、とても素敵な人だからです！」

力強く断言した。

「――へ？」

「私が！　リューさま〝最推し〟のこの〝私〟が！　ゲームとはいえリューさまと結ばれることを認めたヒロインなんですよ！　完全無欠に決まっているでじゃないですか！　ゲームのプリムローズさんは、天真爛漫で優しくて清純で潔白な、ウルトラパーフェクトな美少女ヒロインなんです！　……なのに、今学園に通っているプリムローズさんには、ヒロインの魅力もカリスマ性も、何もかもまったく感じられません。――何より、あの目！　今日もそうでしたけど、時々私に向ける蔑むような愉悦に満ちたあんな下品な眼差しをするような人を、ヒロインと認めるわけには絶対にいきません！」

それが考えた末にフルールが至った結論だ。

肩を怒らせ大声で主張する彼女を、みんな呆気にとられたように見つめる。

あまりの勢いに反論の声が上げられないらしい。

「……えっと、その、ルゥの思いはわかったけれど、でも異世界転生者というのは、そんなにあちこちにいるものなのかい？」

リュークが恐る恐るというように聞いてきた。

「悪役令嬢もののラノベ――お話には、よくあることですわ！」

悪役令嬢もヒロインも、なんならヒーローさえも異世界転生者だったという話もざらである。

「………そうなのか」

フルールに断言されてしまえば、リュークに異を唱えられるはずもなかった。

「でもプリムローズが転生者だったとしても、この乙女ゲームをやっていたとは限らないんじゃないのかな？」

次に声を上げたのはクラインだ。フルールから教えてもらった乙女ゲームとやらの〝良さ〟がまったく理解できなかった彼は、そんなに誰も彼もがゲームをやっていたなんて思えなかったらしい。

「いいえ！　プリムローズさんには、絶対ゲームの知識があるわ！　そうでなければ、私があんなに完全に悪役令嬢役をさせられたはずがないもの！」

今の今までフルールは、自分が悪役令嬢になったのはすべて『強制力』のせいだと思っていた。そうとしか考えられない行動を、リュークをはじめとした乙女ゲームに登場した人々がしていたせいだ。

――しかし、いくら強い『強制力』でも人の意識を操るのならまだしも、物理的な現象を起こすことまでできるのだろうか？

(今日のズタズタにされた制服もそうだし、以前の萎(しお)れた野の花や壊れた三脚も、実際に誰かが意図的にやったとしか考えられないわよね？　そうでなきゃ、とんだポルターガイスト現象が起こっていたってことになるもの。それにしては、そんな話を誰にも聞いたことがなかったし……きっと実行犯はプリムローズさんなのよ！　彼女以外に全部の事件を起こせる人なんていそうにないし……それに、そうよ！　思い出してみれば、そもそも入学式でプリムローズさんは自分で転んでいたじゃない！)

あのときは、その後のリュークの反応があまりにショックすぎて冷静に考えられなかったのだが、プリムローズはたしかに自ら転んでいた。そこに『強制力』に操られたような無理やり感は何も抱かなかった気がする。

フルールは、確信を持って頭を上げた。

「プリムローズさんは、私と同じく異世界転生者です。そして、この世界が乙女ゲームの世界で自分がヒロインなのだと知っているんだと思います。……なんらかの理由で、『強制力』があることがわかって自分に都合がいいように利用していた。――おそらく間違いありません！」

だからプリムローズは、あんな優越感に満ちた目でフルールを見ていたのだ。

悪役令嬢のフルールがヒロインである自分には絶対勝てないことをわかっていたから。

それゆえに、あれほどあきらかにフルールを馬鹿にしていた。

フツフツとフルールが怒りをたぎらせていると、横から声がする。

「でも、それならなんでプリムローズは、カールを選ばなかったのかな？　ゲームの知識があれば選ぶのが普通なんだろう？」

腑に落ちないといったふうに呟いたのはレインだ。

彼にとって、三人に絞られた攻略対象者の中に自分が入ってしまったということは最重要事項。なんとかして外れたいと思っている。カールが外れた理由にこだわるのはそのためだろう。

フルールは少し考えこんだ。

「……そうね。たとえば、既に他の手段でカールの持つ重要アイテムを手に入れているのかもしれないわ。そうでなければ、三人の中に選ばなくとも協力してもらえるように約束しているとか」

しかし、その場合カールが同行しないのでカールルートのトゥルーエンドには辿り着けない。

当然カールがリアテュルグ王国の王太子になることもなかった。

(他国の王子には興味がないってことなのかしら？　選んだ三人も我が国の高位トップスリーだし。……上王さまじゃないけれど、本当に俗物なのにそんなことってある？)

ついつい批判的になってしまう。

いけないと思いながらフルールは、プリムローズが何を考えているのか推測しようとした。

(もしも私がヒロインなら、誰を選んだかしら？　リューさまは絶対として、戦闘力の高さを考えればクラインは外せないわよね。あとは、やっぱりカールかしら？)

ゲームであれば、多少の困難を気にせずに重要アイテムよりリュークへの想いを優先させるフルールだが、ここは現実。

世界を〝救う〟ためにも重要アイテムのゲットは最優先で行うべきだろう。

——そこまで考えて、ハッとした。

(世界を救う——そうよ。アイテムが必要なのは、卒業後の、世界の根幹を脅かす敵を倒す冒険の旅で使うからだわ！　…………でも、もしも、プリムローズさんがそんな旅に出るつもりがないのなら？)

その場合、アイテムなんてまったく必要ない。

それに旅に出ないのなら、重要なのは国内の地位だけで他国の王子——しかも、これから地位を取り戻さなければならない面倒くさい王子など、まったくお呼びでなかった。

「……ひょっとしたら、プリムローズさんには、世界を救うつもりがないのかもしれません」

ポツリと呟いたフルールの言葉に、誰もが目を丸くする。

「は？　そんなのありなのか？」

「え？　だって、それだと世界はいずれ滅びるんだよね？」

クラインとレインが呆然とした声を出す。

フルールを抱きしめていたリュークの手に力が入った。

フルールは目を伏せる。

「卒業後の冒険の旅では、世界の根幹を脅かす敵を倒すのですけれど……でもその敵が実際に世界を滅ぼすのは〝今〟ではないんです。敵は世界の果てに封印されていて、秘密裏にその封印を破ろうと画策している。このまま放って置いても封印が解けるのは、五十年後くらい。しかも、封印の場所はこの国から遠いため、実際にこの国に被害が及ぶのはもっと後だと思います」

つまり、たとえ今敵を倒さなくても自分が生きている間程度なら、まったく影響なく平穏無事に生きられるのだ。

「ハハ、ハハハハ……聞きしに勝る俗物だな。己さえよければ世界などどうなってもかまわんか」

上王が静かに笑った。

低く響く声がとてつもなく怖ろしく感じるのは、絶対気のせいではないだろう。

しかし、その怖ろしさが今は頼もしい。

「上王さま、以前お願いしていた世界を救う〝計画〟はどうなっていますか？」

フルールの言葉に、リューク、クライン、レインが目を見開いた。

「ああ。順調だぞ。――既に冒険者ギルドをはじめ商業ギルドや魔術師ギルドなどすべてのギルド長から全面協力の約束を取り付けてある。各国の王や代表者からも自由に出入国できる権利を貰うと同時に支援の申し出も受けているから心配はいらぬ」

さすが上王。準備は万端のようだ。

「――ルゥ、世界を救う計画って？」

聞きながらリュークが深く抱きしめてきた。

きちんとした答えを聞くまで放してくれる気はなさそうだ。

「学園に入学して、乙女ゲームの『強制力』にどうしても勝てなくて鬱憤が溜まっていたときに、上王さまをお誘いしたんです。一緒に『世界を救ってみませんか？』って。幸いゲームの知識はありましたから、ヒロインより先に世界を救って鼻を明かしてやろうかなって思って。……ヒロインたちが、いざ冒険の旅に出てみたらすべて先回りされて終わっていましたとか、滑稽でしょう？　さぞかし悔しがるだろうと思ったんですけれど――」

よもやプリムローズに世界を救う気がまったくないだなんて思ってもみなかった。

さすが腐ってもヒロイン、悪役令嬢の思惑を外すのが得意である。

「しかし、そなたのおかげで世界は滅びないで済む。お手柄だぞ、ラウン公爵令嬢」

上王に褒められて、フルールの気分はちょっぴり浮上した。

たしかに準備が無駄にならなかっただけよかったのだろう。

上王に笑顔を返すフルールの頭上から、地を這うような低い声が聞こえてきた。

「世界を救う冒険の旅に出る？　――まさか、ルゥ、君が？　おじいさまと一緒に？」

それはリュークで、なぜか彼は超絶不機嫌だ。

その様子に首を傾げながらも、フルールは小さく頷いた。

「ゲームの内容を知っているのは私だけですから。……でも、さすがに上王さまに同行をお願いしたりはしませんよ。上王さまには、旅の準備と訪れる各国やギルドへの根回し、あと協力してくれる騎士か冒険者の紹介だけをお願いするつもりでした」

引退したとはいえ上王には王族としての役目がある。フルールが個人的にヒロインの鼻を明かす旅についてきてほしいとは頼めない。

なのに彼女の言葉を聞いた上王は、あからさまにがっかりした様子で肩を落とした。

「なんと、冷たいなラウン公爵令嬢。そなたと私の仲ではないか。私は一緒に行く気満々だったぞ」

冗談はやめてほしい。

本気にしたリュークが抱きしめる力を強くしてくるから。

「先回りって……ルゥ、いつ行くつもりなの？」

本当はすぐにでも旅立つつもりだ。

婚約破棄されたフルールは、卒業するまで形式的に学園に在籍していても、実際には公爵家に軟禁されるから。

つまり、姿が見えなくなるということで、今後一年が絶好のチャンスなのだ。

しかしここで正直にそう言うのは、なんだかまずい気がする。

「えっと、その――」

「私も一緒に行くから！」

案の定、リュークがそう言い出した。

「俺も行く！」

「僕だって！」

クラインやレインまで声を上げる。

「ちょっ！　ちょっと、待ってください！　そんなことできるはずがないでしょう！」

この場にいるから忘れているようだが、彼らはまだゲームの『強制力』の支配下にあるのだ。

三人の中に選ばれなかったクラインは、ひょっとしたら支配から抜け出せるかもしれないが、まだ確実とは言いきれない。

そして、リュークやレインは絶対にダメだった。

二人は、ここを出たとたん今までのやり取りのすべてをなかったこととして、プリムローズの崇拝者に戻るに違いない。

そんな彼らをどうして連れていけるだろうか？

説明したのだが、三人は簡単には納得しなかった。

「わかった！　だったら俺はもう『強制力』が効かないってことを証明してやる！」

叫ぶや否やクラインは邸を飛び出していく。

部屋の隅で控えていたスゥランが、すぐに追いかけてくれたのでよかったが、無鉄砲もいいところだ。

「ルゥ、君が危険な冒険の旅に出かけるのに、私が一緒に行けないなんて、そんなこと絶対に受け入れられない！　先ほどの話では世界の危機を救うのは、そんなにすぐでなくていいのだろう？　なんとかしてこの『強制力』を打ち破ってみせるから、それまで待ってくれないか？」

クラインに比してリュークは多少冷静だった。

懇々とフルールを説得すべく言葉を重ねてくる。

「フルール……姉さま、お願いだ。そんな危険なことなんてしないで！」

レインはひたすらに懇願してきた。

自分と似た顔とはいえ、可愛い系のレインのお願いにはなかなか断りづらいものがある。

(みんな手ごわいわ。でも――)

学園に入学してから一年間。

フルールはなんとか『強制力』に打ち勝とうと努力してきた。

しかし、未だに『強制力』を完全に排除する方法は見つからず、婚約破棄に至ったのだ。

(これ以上、ここで頑張ってもきっとどうにもならないわ。……だったら、今の私にできることに挑戦したい！)

どう伝えれば、リュークたちを説得できるだろう？

悩んでいるところに、上王がつかつかと近づいてきた。

リュークの腕の中から、フルールをペリッと引き離しそのまま自分の背後に庇ってくれる。

「おじいさま！」

「うるさい！　リューク、お前は少し頭を冷やせ。――偉そうに『受け入れられない』だの、『待ってくれないか』など、どの面下げてそんなことを言っておる？　それはすべてお前の身勝手な気持ちではないか！　己では何も解決できずにいるくせに、ラウン公爵令嬢に我儘ばかり押し付けおって！　そのような暇があったら少しは自分の頭で解決策を考えてみろ！　……もしも、その程度のこともできぬのなら、たとえ『強制力』がなくなったとしても、私はお前をラウン公爵令嬢の婚約者とは認めぬからな！」

それは、厳しい言葉だった。

痛いところを突かれたリュークが顔を青ざめさせて黙りこむ。

似たような立場であるレインも、ガックリとうなだれた。

「ラウン公爵令嬢、こやつらのことは気にせずともいいぞ。まずやることは、カールとやらから旅に必要な重要アイテムを譲り受けることだ。その目途がついたら旅の具体的な日程を詰めよう。なに、心配は無用だ。そなたの旅には私がついていくからな」

「上王さま!?」

それは冗談ではなかったのか？

焦るフルールに、上王は楽し気に笑いかけてくる。

「こう見えて私は旅慣れているからな。あんな独占欲だけが強い小童らよりよほど頼りになるぞ。

世界を救う壮大な旅路を楽しもうではないか！」

……どうやら上王は、リュークに対しかなり怒っていたようだ。

いくら可愛い孫とはいえ——いや、可愛ければ可愛いほど不甲斐（ふがい）ない姿に鬱憤（うっぷん）をためていたのだろう。

まるでリュークに見せつけるようにフルールをエスコートして、部屋から出てしまう。

「同情は無用だぞ。そなたが甘やかしては、あいつのためにならん」

そう言われてしまえばそれ以上できることもなく、リュークを置き去りにせざるを得ないフルールだった。

◇◇◇

プリムローズ・ラモーには前世の記憶があった。

異世界の日本という国で、親のすねをかじる引きこもりだったという記憶だ。

（ろくでもない記憶ね）

性格は我儘（わがまま）で面倒くさがり。父が大企業の経営者だったおかげでなんとか大学卒業までしたのだが、親のコネで入社した会社を三日で辞めて引きこもった。

（朝が弱いんだから遅刻したって仕方ないじゃない？　それをネチネチ文句言われて、おまけに挨拶（あいさつ）がなっていないとか言葉遣いが悪いとか、うるさいったらなかったわ。あんな会社三日も行って

あげたんだから感謝してほしいわよね）

もちろん、そんな言い分が世間で通用しないことくらい知っている。

だから家から一歩も出なくなったのだ。

親は娘に甘いし結婚願望もないし、遺産さえ貰えたらこのまま引きこもり人生でもいいかと彼女は思っていた。

そうしてお気に入りの乙女ゲーム三昧の日々を過ごしていたはずだったのだが、ある日を境に記憶がプッツリ途切れている。

（家から一歩も出ないで、好きなものだけ食べて寝て過ごしていたから病気になったのかもしれないわ。まあ、苦しまなかっただけラッキーだったわよね？）

体重なんて測らなかったし鏡だって見なかったから、彼女は自分の体型なんてわからない。

きっと、いつ突然死しても不思議じゃない見るに堪えないデブだったのだろう。

（そんな私を異世界転生させてくれるなんて、神さまも物好きよね）

しかもプリムローズには、転生前に神と会って話した記憶さえあった。

真っ白な上も下もない非常識な空間で得た知識によれば――この世界を創った神は、大の演芸好き。人々が奉納する歌や踊り、お芝居などを楽しんでいたそうだが、ふと自分でも物語の舞台を整えてみたいと思ったのだという。

新たな世界を創造し、その際に前世のプリムローズが嵌まっていた乙女ゲーム『月の虹』を再現した。

壮大で美しい世界をノリノリで創り、いずれゲームと同じストーリー展開になるように人の歴史を導いてきたのだそうだが――最後の仕上げに、これまた面白いと感じていた『異世界転生』要素を取り入れてみようと思い立ったらしい。

（本当に物好きな神さまよね。しかも二人も同時に異世界転生させるなんて変わっているわ）

一人はヒロインでもう一人は悪役令嬢。二人の転生者が自分の創った舞台でどう生きてくれるのか、見てみたいと考えたそうだ。

プリムローズと悪役令嬢フルールに転生させられた人物は、同じ日の同じ時刻に亡くなったという。尚且つ二人とも『月の虹』の大ファンだったというのだから、これも運命だったのだろう。

とりあえず先にプリムローズに事情を説明し、これからもう一人にも説明に行くと言った神を、彼女は全力で引き留めた。

『絶対、説明しないほうが面白いですよ。あと、二人とも同じ条件なんてつまらないです。一人は滅茶滅茶優遇して、もう一人は徹底的に不遇にしてやりましょうよ。そこからどんな成り上がりを見せてくれるのか？　……ワクワクしてきませんか？』

プリムローズは、そう提案した。

もちろん、滅茶苦茶優遇されるほうが自分である。

具体的には、圧倒的に強い『強制力』を自分の味方として付けさせた。

この力さえあれば、ゲームの登場人物は無条件でプリムローズを溺愛し、なんでも彼女の言いなりになってくれる。

もちろん全部が全部というわけではなく、例えば異世界転生者の悪役令嬢のようにゲームの設定から大きく外れたモノは対象外だったし、あと元々ゲームになかったモノにも『強制力』は及ばないのだが、そのくらい許容範囲だ。

十分だと、プリムローズはほくそ笑む。

なにせ、この力さえあれば、何一つ努力しなくても自分はヒロインとして愛されるのだし、悪役令嬢は勝手に落ちぶれてくれるのだ。

こんな便利なものはない。

(だからといって、何もないところに木が生えたりしないように、悪役令嬢が何もしなければ事件は起こらないみたいだけど……ちょっとそれらしく見せかければ、みんな私の言うことを信じてくれるらしいのよね。そのくらいの手間暇(ひま)ならかけてやってもいいわ)

プリムローズは傲慢(ごうまん)にもそう思った。

『あと、転生者を入れるくらいだからシナリオ通りじゃつまらないんですよね？　だったら私は世界を救う冒険の旅とか行きたくないんですけど、いいですよね？』

そんな面倒くさいことしたくない。

ところが神はこの提案には渋い顔をした。

せっかく創り上げた自分の世界が、乙女ゲーム終了後だとしても破滅するのは不本意らしい。

(自分の勝手で人を転生させたくせに、私のやりたいことに難癖付けるなんて、図々(ずうずう)しい神さまね)

不遜（ふそん）にもプリムローズはそう思う。

考えて——一つの提案をした。

『だったら、私ともう一人の転生者。どちらがより幸せになれるか競争して、負けたほうが世界を破滅させる脅威への生贄（いけにえ）になるのはどうですか？　幸せかどうか決めるのは、冒険の旅に出る前の卒業式時点。そこでより多くの攻略対象者からの攻略対象者の好意を受けているほうを幸せだって決めるんです。乙女ゲームの幸せは、攻略対象者からの愛ですもの！　この世界的に一番正しい勝敗の付け方だと思います。……それに、あの脅威ってたしか〝破壊竜〟でしたよね？　竜は生贄（いけにえ）のお姫さまで鎮（しず）められるっていうのが物語の定番じゃないですか』

この提案は神のお気に召したらしい。

あっさりと自分の意見が通り、プリムローズは内心しめしめと思う。

強力な『強制力』を得たヒロインと不遇な悪役令嬢の勝負なんて、見るまでもなく決まっている。

また、そんなことは天地がひっくり返ってもありえないと思うが、万が一負けたとしても、こんなにあっさりと自分の要求を丸呑みした〝神〟の創造した〝破壊竜〟など恐れるに足らない。

(生贄（いけにえ）になるふりをして言葉巧（たく）みに操ってやるわ。いずれ破壊竜の封印が解けたら、世界を破滅させる脅威を盾に世界を私の前にひれ伏させるの！　それも楽しそうよね？)

プリムローズはクツクツと笑う。

彼女の目には、自分に都合のいい世界しか映っていなかった。

結果から言えば、クラインは『強制力』から限定的ではあるが解放されていた。

具体的に言うのなら、プリムローズがいない空間であれば、己の意思で行動できるようになったのだ。

「よっしゃ！　これで俺はフルールと一緒に旅立てるぜ！」

両拳を天に突き上げたクラインの主張を、フルールはあっさり叩き落とした。

「それは無理よ」

「なんでだ!?」

「だって、プリムローズさんは、あなたが学園にずっと通っていると思っているはずだもの。彼女がそう思っている限り、あなたは学園から離れられないと思うわよ」

「そんな馬鹿なことがあるか！」

憤然として否定したクラインだが、残念ながらフルールの予想は当たった。

卒業式は終わったとはいえ学年の終業式はまだ先で、実質的な自宅謹慎を言いつけられたフルールと違いクラインは、あと二週間くらいは学園に通わなければならない。論より証拠と思った彼は二、三日学園を無断欠勤しようとしたのだ。

しかし、残念なことにそれは果たせなかった。

わざわざスゥランに外からカギをかけてもらい部屋に自ら閉じこめられたのに、自分でもわからぬうちに窓をぶち破って彼は学園に走っていったのだ。

「そんな！　なんでだ？　学園に行っても特にプリムローズと会うわけでもなかったのに、どうして俺は登園してしまうんだ？」

それが『強制力』である。

あ、もちろん窓の修理代はクラインの給金から差し引いた。

精神的にも金銭的にも傷ついたクラインは、しばらくどんより落ち込んでいたが、まあ仕方ない。

しかし悪いことばかりではなく、朗報もあった。

普通に暮らしている分には『強制力』が効かなくなったため、カールに接近したクラインが、彼をフルールのかき氷屋に連れてくることに成功したのである。

「え？　ここは？　……これは、何？　……ハフッ！　熱っ！　でも、美味しい！」

なお季節が移り寒くなったため、かき氷屋は現在〝タコ焼き屋〟になっている。

もちろん大繁盛していることは言うまでもないだろう。ついでに制作して販売したタコ焼き器の売れ行きも好調で、現在王都の下町――及び上王のお邸では、自作のタコ焼きがマイブームになっているらしい。

「そうだろ、そうだろ！　うまいよなこれ。俺はマヨネーズとソース派だけど、お前はどうだ？」

「う～ん？　……はわっ！　アチッ、アチチッ！　ふ～、そうだな。マヨネーズもいいけど青ノリも捨て難いと思う！」

「青ノリかぁ〜。たしかにな。……いや、やっぱり俺はマヨソースだ！」

正直どちらでもかまわない。

ついでに言うなら、フルールはポン酢派だ。タコ焼きにはさっぱり風味のポン酢が最高だと思う！

口の周りに青ノリをつけて幸せそうにタコ焼きを食べるカールは、爽やか系の美少年イケメンだ。

少しクセのあるサラリとした栗色の髪と琥珀色の大きな目が魅力的だと思う。

(もちろん、私にとって一番魅力的なのは、いつだってリューさまだけど！)

そこはどうあっても譲れない！

虫一匹殺せません！　という顔を見せているこの好青年が、彼ルートのトゥルーエンドでは後継者争いを仕掛けてくる血族たちをバッタバッタとなぎ倒し大国の玉座に君臨するのだから、人は見かけによらない。

(侮ってはいけない相手だっていうことよね)

クルクルとタコ焼きを回して焼き上げながら、フルールは気を引き締めた。

「——で、いったいどうして俺をここに連れてきたの？　ラウン公爵令嬢さまの目的は何？」

軽い調子で聞いてくるカールの視線は鋭い。

もっとも口の周りの青ノリが、すべてを台無しにしているけれど。

「そうですね。いろいろとお話はあるのですけれど、面倒くさいから単刀直入に言いますね。——

カールさん、私と一緒に冒険の旅に出ませんか？」

「へ？」

「え？　えぇぇぇぇっ!?　なんでだ！」

最初の間の抜けた「へ？」がカール。続いた大絶叫がクラインである。

「なんで？　どうして？　こいつと！　俺は連れていってくれないのに!!」

耳元で怒鳴らないでほしい。

だって仕方ないではないか、『強制力』があるのだから。

「俺が行けないっていうのに、どうしてカールは行けるんだ？　俺とこいつは同じ立場のはずだろう!?」

同じ攻略対象者で、同じくプリムローズに選ばれなかった。

そこまで見ればまったく同じだが、クラインとカールには決定的に違うことがあるのだ。

大騒ぎするクラインを呆気に取られて見つめるカールに、フルールは話しかけた。

「カールさん、あなたは二年生には進級せずに学園を辞めるつもりですよね」

それは質問ではなく、確信を伴った確認の言葉。

カールは驚いて琥珀色の目を見開いた。

「は？　辞める！　なんでだ？」

驚くクラインにフルールは説明する。

「カールさんが学園に通っていた理由は、プリムローズさんの傍にいるためだけだったからです。――幼いときにプリムローズさんに出会い、自分が心に負っていた傷を癒してもらったカールさんは、プリムローズさんに感謝し彼女を生涯守ろうと決意しました。その意思は、プリムローズさんが治癒魔法を発現し伯爵家の養女になっても変わらず、不安定な立場で王侯貴族の通う学園に通うことになった彼女を心配するあまり自分も学園に通うくらい強かったんです。……でも、プリムローズさんは先日の卒業式で、自分を守る騎士を三人選びました。そこにカールさんは入れなかった」

カールのプリムローズへの愛は、自分を救ってくれたことへの感謝から発した純愛だ。

プリムローズのためならば、身を挺して生涯彼女を守り抜こうと思っていた。

しかし、その決意は三人に選ばれなかったことでボロボロに崩れてしまう。

彼女に、もう自分の守りは不要なのだと知ったカールは、卒業を待たずに一年で退学。いずこかへ旅立ってしまう――というのが、ゲームの流れだった。

つまり、彼はまったくのフリーになるのだ。

(だったら、世界を救う旅に付き合ってもらってもいいんじゃない？　傷心旅行のついでに、ちゃちゃっと世界を救うお手伝い。――うんうん、あてもなく彷徨うより、ずっと生産的よね)

フルールは自分の考えに、自分で納得する。

もっとも、カールは違うようだ。

「……ハァ～。ラウン公爵令嬢、やっぱりあなたは我儘令嬢なんだね。でも、俺は親切だからね。あなたの勝手な妄想についてのコメントはしないであげるよ。世の中には知らないほうがいいことが山ほどあるからね。――その上で聞きたいんだけど、どうしてそれで俺があなたの誘いに乗ると思えるの？」

カールのフルールを見る目は冷たい。

もっとも口の周りの青ノリで――って、いやこれはもう言わなくてもいいだろう。

ちょっと残念な気持ちになったフルールは、着ていたエプロンからハンカチを取り出して、そっとカールの口元を拭おうとした。

「なっ！　や、やめろよ！」

カールは顔を赤くして立ち上がる。

ガタン！　と音を立てて椅子が倒れた。その椅子をササッと進み出たスゥランが直す。

どうやら彼は見た目より、ずいぶんと初心な青年らしい。

「一緒に旅してくれるなら、タコ焼き食べ放題ですよ」

ハンカチを手渡しながら、フルールはそう言った。

「え？」

ポカンとカールが口を開く。せっかくハンカチを貸してもらえたのに、青ノリを拭くつもりはないようだ。

「タコ焼きだけじゃありませんわ。お好み焼きやタイ焼き、暑い地方に行ったなら、かき氷も大盛りで作ってあげますよ」

口を閉じた彼は……ゴクリと唾を呑みこんだ。

「ズルい！　俺だってタコ焼き食べ放題の旅に行きたい！　それにお好み焼きとかタイ焼きとか、なんだそのうまそうなもんは？　俺はまだ食べたことがないぞ！」

クラインが大声で騒ぎ出した。

気持ちはわからないでもないが、少し黙っていてほしい。

「……そ、そんなモノに釣られるものか！」

怒ったようにカールが叫ぶ。

口の周りについた青ノリを早く拭いてくれるといいのだが。

フルールはカールに近づき、耳元でそっと囁いた。

「旅の目的地には、東の大国リアテュルグも入っていますよ」

ビクッとカールが震える。彼が自分の出自を知っているのは間違いない。

「…………どうして？」

「私は、プリムローズさんと違って優しく慰めてあげるようなことはできません。我儘で身勝手な令嬢ですから。……でも、あなたをリアテュルグの王城に勝手に連れていくことはできるんですよ」

ギュッとカールが拳を握った。その手は微かに震えている。

「私、こう見えても公爵令嬢ですし、この旅の推薦人は上王さまです。リアテュルグ王に面会することだってできるでしょう」

琥珀の瞳が、フルールをとらえた。

「——いったい、何をどこまで知っている？」

「知りませんよ。世の中には知らなくていいことが山ほどあると言ったのは、あなたでしょう？　私は知らないから、あなたをリアテュルグ王の前に連れていくことができるんです。……カールさん、あなたは今自暴自棄になっているはずです。自分は必要とされない人間で、なんの価値もない人間なんだと。……だったら、やりたいことをやってみたらどうですか？　どうせ生きる価値もないとか思っているんでしょうから、死んだ気になってあなたにとっての〝諸悪の根源〟を殴るなり、蹴るなり、ぶっ飛ばすなり、好きにやってみればいかがです？」

カールにとっての諸悪の根源は、彼をこの世に生み出したリアテュルグ国王だ。

それを知っていて唆すフルールの言葉を聞いた彼は、見開いていた目をもっと真ん丸にした。

ジッと彼女を凝視して——やがて、ププッと噴き出す。

「殴るなり、蹴るなり、ぶち殺すなりか？」

「いやいや違いますよ。物騒なほうに勝手に変換しないでください。『ぶっ飛ばす』です！」

慌ててフルールが訂正すると、彼は笑い声をますます大きくした。

「ハハ、アハハ！　ラウン公爵令嬢、あんたなかなか話せる奴だったんだな。……うん。それもいいかなと思えてきた。——でも、それであんたには、なんの利益があるっていうんだ？　タダの親切じゃないんだろう？」

聞かれてフルールは、正直に頷いた。

「私の狙いは、カールさん、あなたの持っている〝月光石〟です。ああ、くれというわけではありませんよ。ただ旅の途中でちょっとだけ貸してほしいんです。ほんの一日か二日でいいので」

たぶんそのくらいあれば、月光石のイベントはクリアできるはずだ。

「……あんた、図々しいな。それを貸してくれって俺に頼む時点で、俺の事情を全部知っていますって言っているも同然じゃないか。それを『知らない』とか、なに平然と嘘ついているんだよ。――ホントにあんたラウン公爵令嬢？　今までとイメージがまったく違うんだけど」

違って見えるのは、カールが『強制力』から解放されたせいだ。

でも、それを今ここで指摘する必要はないだろう。

「……わかった。行ってやるよ。あんたと一緒に冒険の旅。タコ焼き食べ放題は魅力的だからな」

ついにカールがそう言った。ニカッとフルールに笑いかける。

大変爽やかな笑みなのだが、口の周りの青ノリ――いや、もう言うまい。

「ズルい！　ズルい！　ズルいぞ！　俺だって食べ放題の旅に行きたいのに!!」

クラインが尚一層騒ぎ出す。

――いつの間にか、冒険の旅がグルメ旅行になっている。

(ちょっとした冗談だったんだけど？)

ため息を禁じ得ないフルールだった。

それから半月ほどが経ち――終業式を明日に控えた夕暮れ時。

フルールは、上王の邸を訪れていた。

今日はリュークも来ているそうで、たぶんこれが旅立つ前にリュークと会える最後の機会になる。

（いくら上王さまに準備万端整えてもらっていたとしても、旅に危険はつきものだわ。いつどうなるかわからないし……リューさまとは今日が今生の別れになるかもしれないわよね）

そう思ったフルールは、ひとまずスゥランとクラインにはエントランスホールで待っていてもらい、一人で奥の部屋に進む。上王には挨拶が終わったら席を外してもらって、リュークと二人で話し合うつもりだ。

覚悟を決めて、リュークと上王の待つ部屋の扉を開ける。

直後に目に飛び込んできたのは、赤く頬を腫らしたリュークの顔だ。

「リューさま！　どうされたのですか？」

挨拶も何もかもぶっ飛んでしまう。

「ああ、ルゥ、大したことはないよ」

「私が殴ってやったのだ。私の招きには応じられないなどと生意気なことを言いおったからな」

弱々しく笑うリュークと自慢げに握り拳を見せてくる上王。

どうやら『強制力』に操られたリュークは、上王邸に来るのを嫌がったらしい。

フルールは目を怒らせて、上王を責めた。

「酷いです！　上王さま！　そんな本気で殴らなくても――」

「いいんだよ。ルゥ。私がおじいさまにお願いしてあったんだ。もしもここに来ることを渋るようなことがあれば、殴ってでも連れてきてほしいと」

「そうだぞ。私は可愛い孫の頼みを聞いてやっただけだ」

だからと言ってほどがあるだろう。

フルールは、痛々しく腫れあがったリュークの頬を冷やすため、氷の魔法で手に冷気を纏わせて、彼の頬に触れようとした。

ところが、寸前でその手をギュッとリュークに握られてしまう。

「リューさま？」

「旅に出る気持ちは変わらない？」

碧の瞳が真摯に見つめてくる。

フルールはコクリと頭を縦に振った。

「はい。準備はすべて整いました。スゥランとカールさんが一緒に行ってくれますので、安心してください。冒険者ギルドの護衛も付けます」

よくあるゲームやラノベでは、主人公が一人や少人数で冒険に旅立つケースがよくあるが、それはあまりに危険だし非効率だとフルールは思う。

（土地勘もなく旅のノウハウも知らないど素人が、いきなり冒険の旅に出るとかありえないわよね？　この世界は日本みたいに交通手段や宿泊施設が整っているわけじゃないんだし。少なくとも最初のうちは旅慣れたプロに同行してもらうのが当然だわ）

勇気と無謀は違う。

その辺をきちんとわきまえているフルールは、しっかり計画を立てていた。

ちなみに上王の同行は全力で拒否をして、どうにか諦めてもらっている。

現在、この国でまともな判断を下せるのは上王だけなのだ。

彼までいなくなったら、最悪帰る国が滅びてしまうかもしれない。

ともかく、自分の旅は安全安心を第一にしているのだから心配などいらないと、フルールはリュークに伝えたい。

口を開こうとして彼を見つめたフルールは――息を呑んだ。

そこにあったのは、心配そうな憂い顔ではなく、何かを決意したような力強い表情だったから。

「そう。よかった。ならば安心して旅に出られるね」

「……リューさま？」

碧の目が真っすぐフルールを見つめている。

今の言葉の主語は誰だろう？

「――私も一緒に行くよ」

なんとなく不安にかられているところに、はっきりとそう言われた。

「リューさま！」

――それは無理だ！

――クラインが一緒に行くより、もっともっとあり得ない。

「もう決めたんだ。君がダメだと言ってもついていく。ただ、少し出発が遅れるかもしれないけれど、そこは待っていてくれるかな？」

少しなんかで済むはずがない。

どんなに待っても『強制力』がある限り、リュークがフルールの旅に同行できることはないのだ。

「無理です。リューさま。『強制力』が――」

説得しようとしたフルールの唇を、リュークの指が押さえた。

優しく微笑みかけられる。

「行けるよ。行けるように考えたんだ。……私には、君だけを旅立たせるなんてとてもできないからね」

フルールは目を見開いた。

それでは、『強制力』を打ち破る方法を見つけたということだろうか？

あんなに強い力に勝つことができると言うのか？

リュークの指が唇から離れ、彼は一歩後ろに下がった。

「ねぇ、ルゥ。ゲームの中の私は、完全無欠のヒーローなんだよね？」

いきなりの質問に面食らうが、その通りなのでフルールはコクコクと頷く。

「完璧で容姿端麗、傷一つない？」

「…………自分で言うか」

呆れたように上王が呟いたが、フルールは力強く頷く。

本当にそうなのだから、当然だ。

リュークは嬉しそうに笑った。

「ああ、よかった。……だったら〝大丈夫〟だ」

「リューさま？」

いったい何が大丈夫なのか？

フルールの胸に、得体の知れない不安がこみ上げてくる。

二歩、三歩と、リュークがフルールから離れていく。

「絶対止めないでね。あと〝治す〟のも厳禁だよ」

「治す？」

何を治すのだろう？

いったいリュークが何を言っているのかと考えこんだフルールは、対応が遅れた。

「ファイアー！」

彼女の目の前で、炎の魔法で自分の右手から火を噴き出させたリュークが、躊躇(ためら)いなくその火を自分の顔に向ける！

「リューさま!!」

「リューク！　お前っ！」

「――っ！　来るなっ！」

慌てて駆け寄ろうとしたフルールと上王を、彼は左手で止めた。

炎がたちまちリュークの顔の右半分を襲う！

「グッ……ウッ！」

たまらず呻(うめ)いて崩れ落ちるリュークに、フルールは一目散に駆けつけた。

「フリーズ！　コールド！」

氷魔法を浴びせて炎を消し去り、冷気を呼び出し、火傷を冷やす。

しかし、どれほどの勢いの炎だったのか、既にリュークの顔の右半分は焼けただれ、美しい金髪も前髪が焦げていた。

「うっ！　早く、治癒魔法の使い手を呼んでください！」

フルールの懇願に応えて上王が走り出そうとする。

「……ダメだっ！　……やめて、ください！　おじいさま！」

それを、他ならぬリュークが止めた。

「リューさま！」

「やめて、ください。……せめて、今晩一晩。そうでないと……〝痕〟が残らない」

「リューさま」

「…………リューク、お前」

治癒魔法は、大抵の怪我や病を治す万能な魔法だ。

しかし、完全に元通りに治すには時間の制限があって、たとえば傷や〝火傷〟などは、負傷をした直後に治療できない場合には、痕が残ってしまう。

「ゲームのリューク……は、傷、一つない完璧な美貌の持ち主……なのだろう？　……だったら、醜い火傷の痕……のある〝私〟は、攻略対象者……つぐ…………で、なくなる、はずだ」

真っ赤に焼けた右半分の顔を苦痛に引き攣らせながら、リュークが必死に言葉を紡ぐ。

フルールは魔法の冷気の温度をもう一段低くした。

少しは楽になったのだろう。リュークがホーッと息を吐く。

――まさか、彼が『強制力』から逃れるためだけに、自分の顔を焼くとは思わなかった。

フルールの目から涙がこぼれ落ちる。

「リューさま……、そんな、リューさま！　ダメです。こんなこと！　お願いだから、治癒魔法をかけて治してください！　上王さま、治癒の魔法使いを呼んでください!!」

泣きながら、上王に懇願した。

「呼ばないで、ください。おじいさま」

はっきりとリュークが拒絶する。

上王は頭を抱えて息を吐いた。そのまま白に近くなった金髪をガシガシと掻き乱す。

「ハァ～、まったく、この愚孫め。とんでもないことをしでかしおって。…………わかった。治癒の魔法使いは呼ばん。今夜はここに泊まるがいい。明日朝一番に魔法使いを呼ぼう」

「上王さま！」

「ラウン公爵令嬢。悪いがこいつの我儘を叶えてやってくれ。周囲の迷惑を考えない愚かなやり方だとは思うが、こいつなりの精一杯だろう。……本当に馬鹿な孫だが……そうだな。今日のお前は、今までで一番〝私〟に似ているぞ」

ニヤリと笑った上王に、リュークが呆れた視線を向けた。

「それは、褒め言葉……ですか？　おじいさま」

「おうっ！　最上級の賛辞だ」

「………おじいさま、らしいですね」

どこかスッキリとしたように笑い合う祖父と孫に、フルールは焦りを覚える。

「リューさま！　上王さま！　それではこのまま火傷を放置するおつもりなのですか！　リューさまは絶対痛いのに!!」

これだけの火傷だ。たとえ氷魔法の冷気で冷やしていても痛くないはずがない！

リュークが苦しむのも、傷痕が残るのも、嫌だ。

「ダメです。こんなのダメです」

泣きながら首を横に振るフルールに、リュークが手を伸ばす。

「……ごめんね、ルゥ。私の我儘で。…………でも、こんな火傷なんて痛くはないよ。……それより、君の心を傷つける、そんな自分への吐き気がするほどの嫌悪感のほうが、よほど辛いし胸が死にそうなくらい痛いんだ。…………これで君と一緒に旅ができる。…………君に屈託なく笑いかけることができる。……そのためなら、全身焼けただれることになっても、そのほうがずっといい」

「リューさま――」

フルールは声を失った。

同時に、自分がずっとリュークを傷つけ続けていたことに気づく。

彼のその傷を、見て見ぬ振りで放置していたことにも。

（そうよ。私を傷つけて、リューさまが辛くないはずなかったのに。……私は、きっと無意識下で自分のほうが傷ついていると、そう信じてきたから、リューさまの痛みに気づけないでいたんだわ。……馬鹿だった。少し考えればわかるのに。もしも私がリューさまと反対の立場になってしまったら、きっと、死ぬよりずっと辛い！）

自分の言葉で、行動で、愛する人を傷つけ追いこむのだ。

それは、きっと傷つけられ追いこまれた人と同じくらいに辛いはず。

（ううん。自分が望まぬ行動を強いられている分、もっと辛いわ！）

「……リューさま」

ボロボロと涙が止まらない。

酷く痛いはずなのに、リュークは慰めるようにフルールの頭を撫でてくれる。

「ルゥ。愛している。私は、誰に邪魔されることもなく、自分を卑下することもなく、正々堂々君の傍で笑っていたいんだ。……そのためならどんなことでもする。それだけだよ」

「リューさま！」

泣き崩れるフルールと、酷い火傷を負いながら彼女を慰めるリューク。

そんな二人に上王が限りなく優しい視線を向ける。

そして、彼らの休む場所を用意するために、黙って部屋を出ていった。

結局、フルールの旅立ちは一週間延びた。

自ら顔に火傷を負った夜、リュークが高熱を発してしまったからだ。

フルールの献身的な看病を受けて三日後に平熱に戻ったリュークだが、顔面の右側、目の下から頬の半ばにかけて、赤黒く引き攣れた火傷の〝痕〟が残った。

非常に痛々しい姿だったが、本人はこの上なく機嫌がいい。

歩けるようになってすぐに上王邸を出て、『強制力』が効かないことを実際に確かめられたからだ。

「やった！　自由だ。私は、もう自由だぞ！　『強制力』に勝ったんだ!!」

喜び叫んだリュークは、傍らに付き添っていたフルールを抱き上げて、その場でクルリと回転しようとして――転んでしまう。

三日間寝込んだ病み上がりの半病人なのだ。そんなことできるはずもなかったのである。

「キャッ！　もうっ！　リューさまったら」

それでも咄嗟にリュークはフルールの下敷きとなった。

そのため、フルールは彼の上に座る形で怒鳴りつける。

「ごめん、ルゥ、怪我はない？」

「怪我をしそうなのは、リューさまのほうでしょう！　無理をなさらないでください」

「ごめん、でも嬉しくて」

ごめんごめんと謝りつつも、ちっともリュークは申し訳なさそうではない。

それに怒りながらも、フルールもとても幸せだった。

これでリュークは、もう二度と『強制力』に傷つけられることはないのだ。

自ら火傷を負うというとんでもない方法だったが、それでもお互い心から笑い合えることに大きく安堵した。

ただ、頭を抱える問題が起こってしまう。

リュークのやったことを知ったクラインとレインが、自分も真似しようとしたのである。

「ダメよ！　絶対ダメ！　クラインもレインも、その剣から手を放しなさい!!」

炎魔法が使えないため、手っ取り早く剣で自分の顔を傷つけようとする二人を、フルールは全力で止める。

「なんでだ！」

「なんでも何も、自分で自分の体を傷つけるなんて、ダメに決まっているでしょう！」

「だけどこうすれば、『強制力』から完全に解放されるんだろう？」

「僕は、もうあのプリムローズに付き従うのは嫌なんだよ！」

クラインとレインの気持ちは、十分わかる。

リュークの捨て身の行動により、『強制力』に従わされる攻略対象者の苦悩も理解したフルールだが、ここは何がなんでも我慢してもらいたかった。

「ダメよ。お願い！　――これ以上攻略対象者が減ってしまったら、プリムローズさんはカールを捜してしまうかもしれないわ」

リュークが顔に治療不可能な醜い傷痕を負ったと知ったプリムローズは、一通の手紙を送ってきていた。

中身は、形式的なお見舞いの言葉のみ。味も素っ気もなく『会いたい』や『待っています』の言葉の一つも綴られない内容は、彼女がリュークを見限ったことを如実に表している。

「ハハハ、取り繕われても気持ち悪いだけだけど、ここまでくると、いっそ清々しいね。彼女の世界は本当に自分だけを中心に回っているらしい」

リュークの言葉は悲しいくらい的を射ていた。

そして、論より証拠と言うべきか、手紙のきた翌日には、卒業式以降弱くなっていたクラインへの『強制力』が、一際強く復活してしまったのだ。リュークに代わって繰り上げ当選してしまったのは間違いない。

「あいつ！　一度は俺を完全に切り捨てたくせに、『クラインったらどうして会いにきてくれなかったの』だの『クラインと一緒じゃなきゃ、寂しくて泣いちゃうわ』とか、思い出すと鳥肌の立つことばかり言ってきて！　――それに、何より嫌なのは、『強制力』に逆らえない俺がその言葉を喜んでしまうことだ！　クソッ！　腹が立つ!!」

鳥肌が立ったり腹が立ったりと、クラインは忙しい。

彼には本当に申し訳ないと思うのだが、どうかこのままプリムローズに選ばれていてもらいたいというのが、フルールの本音だった。

カールはフルールの冒険の旅に絶対必要な人材だからだ。

「ごめんなさい！　酷いことをお願いしているってわかっているけれど……私たちが旅をしている間、プリムローズさんの意識を引きつけておいてほしいの」

フルールは、クラインとレインの前で深く頭を下げる。

複雑な表情で黙りこんでいた二人だったが、やがてレインが深いため息をついた。

「……わかったよ。姉さま。プリムローズは僕らが引き受ける」

「おいっ！」

不満の声を上げるクラインを、肩を叩いて宥めようとさえする。

「ありがとう、レイン。……でも、本当にいいの？」

聞くとレインは、苦しそうに微笑んだ。

「うん。だって、僕はリューク殿下に〝負けた〟からね。――『強制力』に操られるのを嫌だ嫌だと言いながら、でも僕は何もできなかった。嘆くばかりで方法なんて見つけようともしなかったんだ。――ううん。たぶん見つけられたとしても、僕には自分で自分の顔を焼くなんて、できなかったと思う。……リューク殿下はすごいよ。僕には、殿下のようなことはできない。……だったら、自分にできることをやるしかないだろう？」

そんなに卑下する必要はない。

自分で自分の顔を焼くなんてことを、普通の人がそうそうできるはずがないのだ。

平然としてのけたリュークのほうが異常だと、彼推しのフルールにだってわかる。

とはいえ、そう言っても今のレインの慰めにはならないだろう。

だからフルールは、精一杯の笑顔で「ありがとう」とお礼を言った。

「…………俺は、負けてなんていないからな！」

一方、そう言い出すのはクラインだ。

「俺は、頭が悪いから方法を思いつかなかっただけで、わかっていたら躊躇いなく実行した！」

力強く言い切る彼の言葉に嘘はないに違いない。

実際フルールもそう思う。クラインがちょっとやそっとの傷で怯むなんて思えない。

まあ、そこが問題ではあるのだが。

「だから！　俺が実行しないのは、殿下に負けたからじゃない！　フルール、お前のためだ！」

「クライン――」

「フルール、お前が俺に王都に残ってプリムローズを引きつけておけと言うから、だから俺はこのままここに残ってやる！」

非常に偉そうにクラインは言った。

レインが呆れたような顔をする。

「結局やることは僕と同じじゃないか」

「心構えが違う！」

「違わないよ」

言い合うクラインとレインの姿に、自然と頭が下がる。

ここまで乙女ゲームの事情を知りながら、プリムローズの言いなりになることは、きっと傷つくことより辛いだろう。それでも彼らは屈辱に満ちたその道を選んでくれるのだ。

「ありがとう、クライン、レイン。きっと旅を成功させて世界を救ってみせるわ」

旅の期間は一年。

その間に、世界を巡りラストの天空神殿にまで辿り着き、世界を破滅させる脅威となる破壊竜を完全に封印するのだ。

（そして、ゲームがまだまだ続くって思っているヒロインに〝終わり〟を告げてやるのよ！）

破壊竜が封印されれば、乙女ゲーム『月の虹』は終わる。

そして『強制力』も消え去るのだ。

今までの鬱憤を晴らすそのときを自分の力で引き寄せることを誓って、フルールはしっかり前を向くのだった。


リュークの完全回復を待って、カールも加えたフルールたち三人は、世界を救う冒険に旅立った。

――その旅路を詳しく語る必要はないだろう。

このお話は、乙女ゲームの悪役令嬢となった主人公がいかにしてゲームの『強制力』に立ち向かいヒロインに打ち勝って幸せになったかの物語なのだから。

旅の内容など些末なことだ。

ただ、一年をかけて巡った『月の虹』の世界は、ゲームそのままに――いや、それ以上に美しかった。

どこまでも広がる青い海原には首の長い海竜が泳ぎ、吹き渡る風を受け同じ方向に頭を下げる草原に大角鹿の群れが走る。

鬱蒼とした森の奥では羽の生えた猫そっくりな妖精族が踊り、凍てつく極寒の雪原に純白の狼が吠えた。

そして、巡りゆく大自然の驚異の先々に、人の世の営みがあるのだ。

堂々たる大国から小さな集落にまで。人は息づき暮らしている。

(ああ、ここは、ただの乙女ゲームの世界などではないんだわ)

フルールは、そう思う。

元はそうだったのかもしれない。

いかなる神の気まぐれか、異世界のゲームの世界を模倣するために創られた世界。

しかし、この世界は、ある日突然ポンとそっくりこのまま発生した世界ではあり得ない。

(だって、この木もこの花も、ゲームでは見たことのないモノだもの)

多種多様、何百何千何万何億——それ以上。

地球と同じく数多の命が溢れる世界は、目的はゲームの世界の再現でも、きっと最初の一滴からときをかけ、歴史を積み上げて〝生きてきた〟世界なのだ。

(だったらなおさら、ゲームの成り行きなんかで滅亡させるわけにはいかないわ!)

何がなんでもこの世界を救うのだと、フルールは決意を固める。

——もっとも、旅そのものは拍子抜けするほど順調だった。

さすが上王というべきか、準備万端整えられた路程は至れり尽くせりで、もう少しスリルやワクワク感があってもいいのではないかと思ってしまうくらい。

行く先々で町や国挙げての歓待を受け、惜しみなく協力の手が差し伸べられる。

（でも、カールさんがリアテュルグ国王を殴ったときは、焦っちゃったけれど）

たしかに、『殴ればいい』とは言った。

言ったが、まさか本当に本気で殴るなんて思っていなかったのだ。

いくら上王の紹介状があっても拘束されて投獄コースは免れないかと思ったのだが、他ならぬリアテュルグ国王自身が咎めなかったため事なきを得る。

『なかなか力の乗ったいいパンチだったな。やはり男の子は違う』

リアテュルグ国王は殴られた頬を撫でながら嬉しそうに笑った。

おそらく、彼はカールの正体を知っていたのだろう。

正妃の魔の手から逃すため第一王子だったカールを手放したリアテュルグ国王だが、その後国王には男の子が生まれなかった。リアテュルグの王位継承権は男にしかないため、今後も男の子が生まれなければ、彼の玉座は年の離れた弟が継ぐことになる。

（カールのトゥルーエンドならカールが玉座に就くのだけれど、その場合でも血族間の争いは避けられないのよね）

幸いにしてカールに玉座への野望はなさそうだ。

リアテュルグ国王を殴ってスッキリした後は、もっぱら食べ歩きに専念していた。

（そのくせ私の料理も相変わらず食べたがるし。たしかに食べ放題とは言ったけど、せっかく旅行しているんだからその地方の美味しいものも堪能しなさいよ！）

何より、リアテュルグ国王も交えて王宮でタコ焼きパーティーをするとか、訳がわからない。どうしてこうなった！　と叫びたいフルールだった。

まあ、こんな調子で危険らしい危険もない物見遊山の旅だったのだが、最後の破壊竜の封印だけは、少々手こずった。

(世界各地を回って竜の力を復活させる竜玉石をすべて破壊して、尚且つ破壊竜の力を半減させる月光石イベントもクリアして挑んだのだけど……正直あんなに反撃されるとは思わなかったわ)

世界有数のS級冒険者と、国の英雄と呼ばれる騎士たちも引き連れての総力戦は、なんと一時間もかかったのだ。

激闘の末、リュークの炎の魔法とフルールの氷の魔法。二つの最大級の攻撃魔法を交互に叩きつけ、虫の息にして再封印できたときは、思わず万歳三唱をしたくなった。

「いや、破壊竜をフルボッコして再封印するのに一時間しかかからないって——明らかに火力オーバーだろう？　見ていて破壊竜が可哀相になったぞ！」

なにやらカールが喚いていたが、気にしない！　気にしないったら気にしない！

何はともあれ、フルールはホッとした。

「厳重に再封印したから、きっとこの先一億年くらいは復活しないと思うわ。めでたしめでたしで、凱旋よ！」

「…………ああ、帰ろう、ルゥ。私たちの国に」

共に旅するうちにさらに互いへの想いを深めたリュークに腰を抱かれ、フルールは安心しきって彼にもたれかかった。

「ええ、帰りましょう。そしてゲームの終わりを告げるのよ」

こうしてフルールたちは、一年間の旅を終えたのだった。

◇◇◇

――時は少々遡(さかのぼ)る。

（………なんだかちょっとおかしいわ）

プリムローズは、こっそりと首を傾(かし)げていた。

何がどうおかしいのかと聞かれると困るのだが、なんとなく釈然(しゃくぜん)としないことが多いのだ。

（最初は、一年前にリュークが火傷(やけど)をしたことだったわ。ゲームでそんな事件まったくなかったはずなのに）

あのときは、驚いた。

しかしよくよく聞くと、ゲームにはまったく出てこなかった上王というリュークの祖父の邸(やしき)での出来事だったらしい。

（ゲームにいない人物が関わった事件だったから、ゲームとは違う展開になったのかしら？　まったくろくなことをしない年寄りね。老害もいいとこだわ）

………知らないということは幸いだ。

上王が聞けば秒で瞬殺される言葉を頭に思い浮かべながら、プリムローズは可愛い顔をしかめる。

（リュークは、身分は高いし顔はいいしで一番の狙い目だったのに。……でも、もうおしまいね。いくら王子さまだって顔に傷痕（きずあと）がある男なんてごめんだもの）

イケメンが選び放題の乙女ゲームの世界で、何が悲しくて傷物の男を選ばなくっちゃならないのだ。

プリムローズは自分のハーレム候補から、早々にリュークを切り捨てた。

（二年時の攻略対象者は三名だから、クラインを復活させればいいわよね！）

実はクラインの顔は、プリムローズの好みドンピシャなのだ。平民だから泣く泣く外したのだが、いざとなればレインと結婚して公爵夫人となり、クラインは愛人として傍（そば）に置けばいい。

（公爵夫人と護衛騎士の秘めたる恋とか、舞台の演目みたい！　普通なら悲恋だろうけれど、私はヒロインだもの。きっとハッピーエンドだわ！）

……どう考えてもハッピーエンドは無理だろう？　相変わらずプリムローズの思考回路は、常人には計り難い。

あくまで自己中心的に楽々イージーモードの学園生活を送っていたプリムローズだったのだが、その後も時々イレギュラーなことが起こった。

それも好感度の上がるイベントの起きる日に限ってという間の悪さだ。

（クラインとの体育祭イベントのときは、急な腹痛で彼が欠席しちゃったし、レインとの文化祭イベントは、二人で主演するはずだった演劇の舞台が直前に強度不足とわかって中止になっちゃったのよね。次期侯爵の生徒会顧問の先生とは補習イベントが学期末毎に起こるはずだったのに、学習指導要領が改訂されたとかで補習そのものがなくなっちゃったし……それにそうそう！　王都に魔獣が現れて攻略対象者三人と力を合わせて撃退するイベントもなぜか起こらなかったわ）

『強制力』があるはずなのに、これはどうしたことだろう？

不思議に思って少し調べてみると、目につくのはまたまた〝上王〟というゲームでは出てこない存在だ。

彼が何をしたかというと――

体育祭イベントのときは、その前日にクラインがラウン公爵の護衛騎士として上王邸に赴いていた。そこで食べた料理が腹痛の原因だったらしい。

文化祭イベントの当日に、教育施設の抜き打ち安全確認を指示したのも上王だ。その際に舞台の欠陥を指摘された。

学習指導要領の改訂は王宮の教育部門が行うのだが、上王はその名誉部門会長なのだという。

そして極めつきの魔獣襲撃イベントだが――その日、上王主催の狩猟大会が魔獣の発生する森で行われていた。突然の魔獣の出現に参加者は驚いたらしいが、狩りの準備万端だったおかげで魔獣はすべて討伐されたという。しかも一番の大物ケルベロスを、上王が一刀両断に切り伏せたのだから驚きだ。

（だから王都に現れなかったのね。老人なのに魔獣を狩るとか、どんだけ元気がいいのよ！　ホント傍迷惑なジジイだわ！　引退したんなら大人しく家で引きこもっていてほしいわよね！）

プリムローズはカジカジと自分の爪を囓る。眉間には深い縦じわが寄っていた。

イレギュラーのせいで攻略対象者との距離が思うように進捗しないのだから、しわが深くなるのも当然だ。

（それぞれのイベントで好感度が爆上がりすれば、キスくらいまでいけたはずなのに！　ああ、どうして『月の虹』は十八禁エロゲームじゃないのかしら！）

全年齢向け健全な乙女ゲームだった『月の虹』では、ラブシーンは卒業後がメイン。学生時代はせいぜいキス止まりで、それもよほど好感度が高くなければできない。

前世のプリムローズは、家から一歩も出ない引きこもりだった。

現実の恋愛経験など皆無でキスもその先もしたことがない。

（ゲームやネットで知識だけはあったから妄想はたくさんしたのよね。それを実体験できると思って楽しみにしているのに！）

プリムローズは、顔は好みのクラインとヒロイン——すなわち自分とのキスシーンのスチルを思い出し、だらしなく笑う。

（大丈夫よ。学園を卒業しさえすれば、攻略対象者はみんな積極的になるはずだもの。今だって、キスはしなくても、みんな私の言いなりで貢いでくれているし）

自分自身にそう言い聞かせる。

そして、ストロベリーブロンドの髪に輝く髪留めに手を触れた。

この髪留めをくれたのはクラインで、実家のミッツ商会でも滅多に取り扱わないような超高級ブランド品なのだという。

他にもレインのくれた大きな宝石のついたペンダントや次期侯爵の教師がくれた美しいカメオのブローチを思い出して気を鎮めた。

(他にもいっぱいいっぱい貰っているもの！　みんなが私に夢中なのは間違いないわ。……それに悪役令嬢なんてもう影も形もないんだし、卒業式で勝つのは私に決まっている！　そうしたら悪役令嬢を破壊竜の生贄にして、私は安全安心に面白おかしく暮らしていくのよ。ここまで愛されているんだから『強制力』がなくなったからって、みんなの気持ちは変わらないわよね？　そうよ、私はずっとずっとヒロインで、愛されて生きていくんだわ！)

だから、少しくらいゲーム通りに進まないことなんて心配する必要ないはずだ。

プリムローズは、もう一度クラインに情熱的に抱きしめられている乙女ゲームのヒロインのスチルを思い出す。

締まりのないニヘラとした笑みを浮かべた彼女の顔は、とてもヒロインとは思えない浅ましいものだった。

◇◇◇

同じ頃、ゾクリと背中に寒気を感じてクラインは体を震わせた。

「うわっ！　なんだかものすごくおぞましい感じがしたぞ！」

自分で自分の体を抱きしめて、落ち着きなく周囲を見回す。

「体調管理が甘いね。最近たるんでいるんじゃないかい？」

ジロリと冷たい視線を向けてくるのはレインだ。

ようやっと遅い第二次成長期を迎えニョキニョキと身長を伸ばしたレインは、以前の可愛らしさはどこへやら。この一年で大変凛々しい青年に変化を遂げている。落ち着き払った冷たい視線はどことなくフルールを思い出させ、クラインにプレッシャーを与えた。

「違う！　体調管理はしっかりしている！　これは、きっと、あの……あれだ！　あの性悪ヒロインが変な妄想をしているに違いない！」

……案外鋭いクラインである。

彼の推察は正しいのだが、だからといって、レインが信じるかと言えばそうではなかった。

「まあ、君の体調がどうであろうと僕に興味はないよ。それよりきちんとその性悪ヒロインの管理はしているんだろうね？　おかしな反応で警戒されたら面倒だよ」

心底嫌そうにレインが話す。

「当たり前だろう！　俺がドジなんてするものか。この前だって、魔獣が王都に現れなくってガッカリしているプリムローズに、キンキラキンの髪留めを贈って気を逸らしたんだぞ！　……まあ、兄貴に頼んで手に入れてもらった本物そっくりの偽ブランド品だけどな」

クラインは悪そうな笑みを浮かべる。

「君は酷いね。僕はきちんと〝本物〟を贈ったよ」

「本物は本物でも、持ち主がみんな悲劇に見舞われるっていう曰く付きの呪いのペンダントだろう？」

偽ブランドの髪留めと呪いのペンダント――どっちもどっちの品である。

「本人が知らなきゃ問題ないさ。アンベール先生のカメオだって似たようなものだ」

アンベール先生とは、彼らと同じ攻略対象者の生徒会顧問である。

彼の贈ったカメオは紛れもなく一級品。一見美しい女性の横顔のカメオなのだが、そのモデルとなった女性は、夫を毒殺し国を傾けた悪女として有名な娼婦出身の王妃。知らずに身につけていれば周囲に嘲笑われるという訳ありカメオだ。

それを『あなたに似ていますね』とニッコリ笑って渡したというのだから、アンベールも相当プリムローズには含むところがあるのだろう。

「仕方ないさ。なにせ『王都が魔獣に襲われなかった』ことにガッカリするような奴なんだからな。俺だって、もっと粗悪品でもよかったと思うくらいだ」

クラインは苦々しげに呟いた。

同じくレインも顔をしかめる。

王都が魔獣に襲われなかったのは、ひとえに上王のおかげだ。

もっとも上王は、魔獣イベントの日時を教えてくれたフルールのおかげだと言っているが。

「…………本当に、上王さまにはお世話になってばかりだね」

「ああ、俺たちがこうして『強制力』から解放されているのも、上王さまがいろいろ手配してくれたからだからな」

この時、フルールとリュークはまだ破壊竜を封印していない。

しかもここは学園内で、神睡時でもない昼間の時間帯。それなのに、クラインもレインも普通に会話できているのは、今クラインが言った通り上王のおかげだった。

とはいえ、リュークのように顔を焼いたわけではない。

そんなことをしたあげくフルールにバレたなら、どれほど怒られるかわからない。

誰に何を言われようとも怖くもなんともないクラインとレインだが、フルールに怒られ嫌われることだけは嫌だった。

それに、フルールは二人を怒るより先に心配して泣き出してしまうだろう。

それは嫌われるよりもずっと避けたいことだ。

だから二人の体には傷一つついていない。

それならどうしたのかということだが――

「まさか僕たちの〝設定〟を少し変えるだけで、『強制力』から逃（のが）れられるなんて思ってもみなかったよ」

「ああ。俺なんかラウン公爵家の騎士を辞めて上王さまの護衛騎士になったとたん、『強制力』が効かなくなったんだからな。今でも信じられないくらいだ」

そう、ゲームのクラインはフルールの『護衛騎士』で、彼女が婚約破棄された後も変わらずラウン公爵家に雇われていた。フルールから聞いた話では、ゲームの設定集とやらにそのことはバッチリ書かれていたそうだ。

フルールとリュークが旅立ってからしばらくして、ふとそのことを思い出した上王が、ものは試しとばかりにクラインをラウン公爵家から自分の護衛騎士に引き抜いた。

『その設定集とやらの設定と違ってしまえば、いいのではないか？』

結果、クラインは『強制力』から完全に解放されたのだ。

そうとわかれば話は早い。

即断即決がモットーの上王は、その日のうちにラウン公爵に命令を下し家督をレインに譲らせた。

つまりレインは、公爵子息ではなく公爵そのものになる。

「――いくらなんでもいきなり公爵に就任させるのはやめてほしかったけどね。僕としては、養子縁組を解消してもらうだけでも十分だったんだ」

呟くレインの顔色は悪い。準備も何もなくいきなり全部すっ飛ばして公爵家当主になったのだ。無理もない。

「いやいや、おかげでラウン公爵夫妻――いや、元公爵夫妻も同時に正気になったじゃないか。一石二鳥だろう」

『強制力』から解放されたフルールの両親は、すぐに自分たちの所業を後悔した。真っ青になって旅立った娘を追いかけようとしたため、それを止めるのが大変だったくらいだ。代わりに長い手紙を書いて送っていたから、旅先でフルールは喜んでいることだろう。

「それはそうなんだけど……アンベール先生も次期侯爵の地位を放棄させられたんだろう。さぞかし揉めたんじゃないのかな？」

「あぁ、それな――」

なぜかクラインは遠い目をする。

「先生自身は教職が肌に合っていて侯爵にならずに済んで喜んでいるみたいだったぞ。……他にも侯爵になりたくなかった理由があったみたいでさ。……だけど、さすがに侯爵家は難色を示したらしい。もっとも、上王さまに『跡取りの変更と伯爵家への降爵とどちらがいい？』と聞かれて、抗議を引っこめたみたいだ」

どう考えても一択の二択を迫るあたり、上王は容赦ない。

「へぇ？　よく知っているね、クライン」

レインが怪訝な顔をした。上王から聞いたにしても、アンベールの心情など、クラインが興味を持ちそうにないことまでよく知っている。

「あ、あぁ。…………実は、アンベール先生は姉貴の同級生なんだ」

視線を逸らしながらクラインはそう言った。

「スゥランさんの？」

「あぁ。――どうも、学園時代に何かあったらしくって『侯爵でなければ、君のお姉さんは私を選んでくれるだろうか？』って聞かれて……困った」

思いも寄らぬ話を打ち明けられ、レインが目を丸くする。

「へ？　……え？　選ぶって……スゥランさんが、先生を？　……あ、でも……いや、あのスゥランさんなら、そんな話もありなのか？」

平民が次期侯爵を『選ぶ』など、普通に考えれば反対だ。

二人の間にいったい何があったのか気になるところではあるが――ことがスゥランのプライベートならば知らないほうが身のためだろう。

絶対関わらないようにしようと、レインは決意した。

「……それにしても、こんなに簡単に『強制力』をひっくり返せるともっと早くにわかっていたら、僕たちはあの婚約破棄を防げていたのかな？」

それはレインの後悔。

喉の奥に引っかかった小骨のように、いつまでも気にかかる。

「一緒に冒険の旅にも行けたかもしれないな」

ポツリとクラインの口からも言葉がこぼれた。

しかし、それはもはや考えても仕方のないことだ。

彼らもフルールもその時々に精一杯の努力をして、今こうやってここに立っているのだから。

だから彼らは前を向く。

――ちょうどその時、遠くから甲高い声が聞こえてきた。

「あ～！　クライン！　レイン！　そこにいたの？　お昼一緒に食べましょう!!」

聞くだけで二人とも顔をしかめてしまう声の持ち主は、プリムローズ以外あり得ない。

少し離れた場所に、大きく手を振るストロベリーブロンドの少女がいた。

しかめた顔に作り笑いを浮かべて振り向くと、彼女の隣に立つ背の高い生徒会顧問の教師と目が合う。

一心にこちらを向いていて隣を見ていない彼女に対し、アンベールはあからさまな嫌悪の視線を向けていた。

彼の気持ちが、クラインとレインには手に取るようにわかる。

しかし彼らは『これまでと変わらずプリムローズに優しく接して油断させろ』という上王からの命令を受けている。

(命令なんてなくても、それがフルールの望みならやってやるけどな)

それはクライン、レイン、二人とも同じ思いだ。

「クライ〜ン！　レイ〜ン！　早くぅ〜」

だから彼らは、嫌いな少女に優しく笑いかける。

「ああ！　今行くよ、プリムローズ！」

「誘ってくれてありがとう！」

嬉しそうに笑った少女が見上げれば、隣の教師は先ほどまでの不機嫌顔を綺麗に隠して微笑んだ。

笑顔の下の嫌悪に、プリムローズが気づくことはない。

(絶対気づかせてやるものか)

攻略対象者たちは、ことさら甘くプリムローズに愛を囁いた。

◇◇◇

それは見慣れた——しかし、少し懐かしい光景だった。

両脇に二本の大きな石柱が立つ広い門に、大勢の人間が集まれる、ゆったりとした前庭。

視線の先に建つのは、荘厳で壮大で、でも少し古い王立学園の校舎だ。

通い慣れた王立学園の門を、制服を着たフルールとリューク、そしてカールはくぐった。

「たった一年離れていただけですけれど、ずいぶん久しぶりみたいな気がしますね」

フルールの言葉に、リュークが「そうだね」と穏やかに微笑む。

彼の顔の右上半分、四分の一は銀色の仮面で覆われていた。

火傷の痕を隠すものだが、ものすごくカッコイイとフルールは思う。

(ミステリアスっていうか幻想的っていうか、人を惹きつけずにはおかない魅力があるわよね！)

見る度にドキドキしてしまって、困る。

まあ、リュークに対するフルールの反応は、だいたいいつもこんなものではあるのだが。

「たった一年って——十分長いだろう？　俺たちは在学期間の半分を欠席したんだぞ。……それで、どうして卒業できるんだよ？　しかも退学したはずの俺まで」

呆れたような口調なのはカールだ。

そう、今日は学園の卒業式。

フルールたちは式に出席するために登園したのである。

「あら、卒業試験は三人とも合格したじゃないですか？」

「大丈夫だ。カールも優秀な成績だったと教師が言っていたぞ」

安心させるようにリュークが微笑んでいるのに、「そういう問題じゃない！」とカールは返す。

ジロリと睨んでくるカールに、フルールは笑った。

「実は、私たち上王さまの計らいで留学扱いだったのよ」

「旅の間、課題のプリントを一緒に勉強しただろう？」

内緒話を打ち明けるように伝えられて、カールは目を丸くする。

たしかに旅の行く先々で、三人は問題集みたいなものに毎晩取り組んでいた。ただ、あれは暇つぶしで、仲間同士でやるクイズ程度のものなのだとカールは思っていたのだ。

「……………詐欺だ」

「詐欺でもなんでもいいじゃない」

「学園の卒業資格は、今後何をするにしても役に立つぞ」

フルールとリュークに諭されて、カールはがっくり肩を落とす。

そんなカールの背中を、リュークがポンと叩いた。

「さあ、行こう。私たちが呼ばれるのは最後だと聞いたけど、さすがにそれまでに会場入りしなくては、まずい」

「みんなビックリするかしら？」

「一番驚くのは、プリムローズだろうな」

なんの感慨も込めずにプリムローズの名を口にするカールに、フルールはホッとした。

旅の途中で、彼にはすべての事情を話してある。そのときは戸惑いどう受け止めればいいのか悩んでいたカールだったが、どうやら踏ん切りがついたらしい。

「行きましょう」

フルールを先頭に、三人は歩を進めた。


そして入場した卒業式場では、今、正に三人の名前が呼ばれるところだった。

「最後に、特別留学枠で卒業する者——リューク・オンス・イエルド・ソリン！」

ザワリ！　と、式場に緊張が走る。

「はい！」

美しいバリトンボイスが場内に響き、全員が出入り口を振り返った。

驚愕で固まる者がほとんどだが、中には「うぉっ!?」とか「キャア！」とか歓声を上げる者もいる。

「——カール・コーザ！」

「はい！」

驚く学生たちの中で、ストロベリーブロンドの髪が一際大きく揺れた。

「フルール・ドゥ・ラウン！」

「はい」

会場内は、シン！　と静かになり――次の瞬間、蜂の巣を突いたような騒ぎとなる。

「嘘っ⁉」

「本当にリューク殿下なのか？　他国でご療養中なのでは？」

「コーザって、退学したんじゃなかったの？」

「――なんで！　なんで、退場したはずの悪役令嬢がいるのよっ⁉」

最後の一際大きな声は、間違いなくプリムローズだ。

射貫くような鋭い視線が、フルールに向けられた。

「――静粛に！　まだ式は続いているのだぞ！」

教職員が制止の声を上げ、ようやく会場内は鎮まっていく。

コホンと咳払いした進行役の職員が、魔法で拡声した。

「全員起立！　卒業生代表挨拶――フルール・ドゥ・ラウン！」

息を呑む音があちこちから聞こえる。

「はい！」

指名されたフルールは、しっかりと返事をして壇上に向かった。

「嘘っ！　卒業生代表は〝私〟のはずでしょう！　どうして学園にいもしなかったラウン公爵令嬢が名前を呼ばれるの⁉」

プリムローズがヒステリックに非難の声を上げる。

どうしてと言われても、昔から卒業生代表は卒業試験で一番いい成績を取った者が選ばれる習わしだ。

今年の卒業試験では、フルールとリュークが双方満点の同点一位だったのだが、この場合は一学年の成績を参考とされるため、結果フルールが代表に決まった。

「一年のときの私は『強制力』に振り回されていて勉強に身が入らなかったからね。当然の結果だよ」

苦笑するリュークは、フルールを舞台下までエスコートし、背中を押してくれる。

愛する人の眼差し(まなざし)に支えられたフルールに、恐い(こわい)ものなんてなかった。

ちなみにプリムローズの成績は、下から数えたほうが早いくらい。こんな成績で卒業生代表に選ばれると、どうして思えるのだろう？

（一学年のときと違って、悪役令嬢の私がいないから『制服を破かれて邪魔されました』なんていう言い訳は通らないはずなのに。……それとも何か無茶苦茶な屁理屈を言って、『強制力』で信じてもらおうっていう作戦だったのかしら？）

いい加減で杜撰(ずさん)なのにもほどがある。

まあ、その無茶苦茶が通ってきたという現状が、今のプリムローズを形作っているのだろう。

「ラウン公爵令嬢さん！　やっぱり、あなたはそうまでして私を陥れ(おとしいれ)たいのね！　あなたはもうリュークさまの婚約者ではないのに！　どうしてそんな意地悪をするのですか？」

——どうやら思った通りらしい。

被害者然として糾弾してくるプリムローズを、フルールは呆れ果てて見つめた。

狼狽えも怯えもせず、かえって哀れんだような視線を向けてくるフルールに、プリムローズは焦ったのだろう、今度は舞台下のリュークに標的を変えてくる。

「リュークさま！　ラウン公爵令嬢が私をいじめるんです。……私、どうしていいかわからなくって、とても怖いです！」

胸の前で両手を組みプルプルと震えながら涙目になるプリムローズは、庇護欲を誘う。

しかし、仮面をつけたリュークの表情は微塵も動かなかった。

「訳のわからない言いがかりは止めてもらおうか。――私の〝婚約者〟を誹謗中傷するからには、覚悟はあるのだろうな？」

プリムローズを見据える碧の瞳は、凍てつくほどに冷たい。

「そんな！　リュークさま!?　リュークさまとラウン公爵令嬢は、一年前に婚約破棄されたではないですか！」

プリムローズが愕然として叫んだ。

リュークは冷徹な表情を一転。穏やかな顔をフルールに向けると柔らかく微笑む。

「そうだな。私は以前愚かにも、最愛のルゥと婚約破棄してしまった。……でも、過ちは正せばいい。――昨日、私はフルール・ドゥ・ラウン公爵令嬢と再び婚約を結んだのだ」

誰憚ることなく堂々と公言する彼に、フルールはほんのり頬を赤くした。

一方プリムローズは、そんなことは信じられないとばかりに目を見開き、首を横に振る。

キョロキョロと視線を動かして、クラインとレイン、そしてアンベールを見つけた。

プリムローズが選んだ、三人の攻略対象者たちだ。

「みんな！　お願い、助けて！　リュークさまがおかしいの！　きっとラウン公爵令嬢が、療養されていたリュークさまに何かしたんだわ！」

三人に駆け寄りながら、必死に訴えかける。

「寄るな！」

しかし、クラインが片手を前に突き出し、プリムローズの動きを止めた。

「それ以上近づかないでもらおうか」

「フルールは、僕の姉さまだよ。無礼な態度は許せないな」

レインも冷たくプリムローズを睨む。

「ラモー伯爵令嬢、席に戻りなさい。君の行動は誰が見ても非常識だ」

アンベールも、教師として当たり前のことを言った。

「……そんな！　みんな、どうしちゃったの？」

プリムローズは呆然とする。

「おかしい！　こんなのおかしいわ！」

憤る彼女の背に、声がかけられた。

「――『強制力』が効かなくて不思議かい？　プリム」

プリムローズを『プリム』と愛称で呼ぶのはただ一人。

幼なじみのカールだ。

「カール！」

ゲームが始まる前から、いつでも自分の味方だった青年の声に、プリムローズはホッとして振り返る。

「――あ」

しかし、そこにあったのは、他の皆と同じ無表情と冷たい琥珀の瞳。

「カール？　……あなたまでどうして？　……それに、あなた、今『強制力』って言った？」

一拍遅れてプリムローズは、そのことに気づく。

カールが無表情をクシャリと崩し、哀れみのこもった視線をかつて愛した幼なじみに向けた。

「うん。言ったよ、プリム。……君にとっては残念だろうけど、『強制力』はなくなってしまったんだ」

「嘘よっ！」

プリムローズは咄嗟に否定した。

「そんな！　そんなはずはないわ！　だって、まだ卒業式なんだもの。……たしかに私と〝もう一人の転生者〟との勝負は、今日決着するけれど――でも、『強制力』はどちらかが生贄になって破壊竜が封印されない限りは続くはずなのに！」

どうやら彼女は、フルールも知らない〝何か〟を知っているようだ。

しかしそのすべてが、もはや無意味だった。

「――破壊竜は封印されました」

厳かにフルールは宣言する。

「…………え？」

「私と、リューさま、そしてカールさんや他のたくさんの方々の協力を得て、既に世界の果ての虚無に再封印されたのです。――乙女ゲームは、終わったのですよ。〝ヒロイン〟さん」

フルールの言葉がプリムローズの心に届くまで少し時間がかかったようだ。

時が止まったかのようにフリーズしていたプリムローズが、やがてポツリと呟く。

「…………終わった？」

「はい。そうです」

「…………私が、ヒロインが、誰ともエンディングを迎えていないのに？」

「そうですね。だって『月の虹』は普通の乙女ゲームと違って、破壊竜を倒すのがエンディングですもの」

ゲームでヒロインは三人に絞った攻略対象者と世界を巡り、やがてその内の一人と相思相愛になり恋愛方面が決着してから、破壊竜との最終決戦に挑む。

つまり、本当のエンドは破壊竜の封印なのだ。

事実、フルールとリュークたちが破壊竜を封印した瞬間に、ゲームの『強制力』は消えていた。

だからこそ、フルールとリュークは再婚約できたのだし、学園に戻って卒業式に参加することもできたのだ。

『強制力』が消えたことにプリムローズが気がつけなかったのは、自分には絶対的な力があると信じて注意を怠った彼女の慢心と怠惰。

（あと、上王さまがいろいろと暗躍されたみたいだけれど……）

クラインが上王の騎士になっていたり、レインが公爵になっていたり、侯爵家の跡取りが変わっていたり――

その話を聞いたフルールは、思わず立ちくらみを起こしかけたくらいだ。

上王が味方でよかった。

心の底からそう思う。

フルールの言葉をジッと聞いていたプリムローズが顔を伏せた。しばらくして、先ほどよりもずっと激しくブルブルと体を震わせ始める。

「嘘よ！　信じないわ！」

「プリムローズさん――」

「だって、ヒロインは私なのよ！　あなたなんか悪役令嬢のくせに、なんで破壊竜を封印できるのよ!?」

それは、リュークや他の多くの人々から力を貸してもらったからだ。

「ここは、乙女ゲーム『月の虹』そっくりの世界ですけれど……でも違うんです。プリムローズさん、この世界の人々はみんな一人一人一生懸命生きている。……私だって、リューさまだって、ゲームに出てきた人も出てこなかった人も、みんなそれぞれ自分自身の世界の主人公として頑張っている。そんな人々が力を合わせれば、ゲームでは不可能だったことだって可能になるのは、少しも不思議じゃないでしょう？」

乙女ゲームの世界では、主人公はヒロインたった一人だった。

でも、ゲームが現実になったこの世界では、みんながみんな自分の人生の主人公。ヒロインでありヒーローだ。

だから力を合わせれば、一人しか主人公のいない世界より、もっともっと大きなことが成し遂げられる。

それをプリムローズにわかってほしいと、フルールは思った。

しかし、プリムローズは頑なに頭を横に振る。

「そんなの認めない！　この世界のヒロインは私よ！　私だけよ！　──だって、そうじゃなきゃ、神と約束した勝負の勝敗はどうなるのよ？　決着するのは今日なのよ!!」

プリムローズの叫びは悲鳴のようだった。

「勝負？」

訳のわからぬフルールは、首を傾げる。

──そのとき。

『勝負は決した。──優遇されたほうの転生者、お前の負けだ』

厳かな声が響くと同時に、天から光が降ってきた。

キラキラキラキラと輝く光の粒子が宙を舞い、その粒子に触れた人々のほとんどが動きを止める。

光が触れても変わらないのは、フルールとプリムローズ、そしてリュークたち五人の攻略対象者だけ。

「――これは？」

驚くフルールとは対照的に、プリムローズは怯えた様子を見せる。

「か、神さま！　……勝負は、勝敗はまだ決していませんわ！　――だって、だって、こんな！　私が知らないうちに勝手に破壊竜を倒してしまうなんて！　こんなの卑怯です！」

喚き震えてジリジリと後退りしていくプリムローズ。

『卑怯？　卑怯と言うなら、お前のほうがずっと卑怯だろう。――圧倒的に自分に有利な環境を整え、相手に何も告げずに勝負することを決め、我が力である『強制力』を味方に好き勝手に振る舞った。これだけ自分に有利に勝負を進めておきながら、勝敗に納得できないなど、我儘もいい加減にするがいい！』

どうやらプリムローズは、フルールが知らないうちに勝手に勝負を始め、そして負けたらしい。

「その勝負とはなんですか？」

フルールは聞いてみた。

光の粒子が彼女の周囲で乱舞する。

『こうして話すのは初めてだな。不遇なほうの転生者よ。私はこの世界を創った神だ』

自己紹介した神は、プリムローズと神の間で交わされた約束と勝負の話を教えてくれた。

さすがに、そのあまりに一方的で身勝手な内容に、フルールは怒り出す。

「なっ！　それは酷いです。そんな一方的なハンデを負わせておいて勝負させるなんて、あまりにも不公平でしょう？」

彼女の怒りは当然だ。

しかし、神は動じなかった。

『私がこれらを是としたのは、それがお前たち双方の望みに反しなかったからだ』

「望み？」

『そうだ。不遇なほうの転生者よ。お前の望みは、そこの王子と共にあること。同じ世界に生き、同じ空気を吸い、同じときを過ごせるのなら、それ以上の望みは何もなかった。――反対に自分を優遇してほしいと願った転生者は、その強欲なまでの厚かましさに相応しく、攻略対象者すべてに愛されもてはやされることを望んでいた。――彼女の提案は、お前たち双方の望みに反しなかったのだ。ゆえに我は叶えただけだ』

……どうやら原因はフルール――いや、綾千があまりにリュークを好きすぎたせいらしい。

予想外の原因に、フルールは頬を赤くする。

それを聞いたリュークも赤くなっていた。

「そ、そうか。そこまで愛されているのは嬉しいけれど、でもあまりに無欲すぎるのも問題だね。……ルゥ、今後は私に対してもっと欲深くなるように頑張って」

欲深くなるように頑張るというのは、どうすればいいのだろう？

「ど、努力します」

そう言うしかないフルールだった。

『では、勝負の結末を迎えよう。勝ったのは、より多くの攻略対象者の好意を受けている不遇なほうの転生者。我の期待を上回る見事な逆転劇だった。――負けたのは、優遇されたほうの転生者、お前だ！』

神の言葉が響き、光がプリムローズに向かっていく。

「や、やめて！　ダメよ！　こんなの認めない！　だって、人の好意は目に見えないもの！　口ではなんと言ったたって本心は違うかもしれないでしょう！　私よりラウン公爵令嬢のほうが攻略対象者からの好意を得ているなんて、絶対認めないから！」

往生際が悪いにもほどがある。

「ラモー伯爵令嬢、私には君への好意は微塵もない。私の好意はすべてルゥのものだ」

「俺だって！　プリムローズには嫌悪しか感じない！」

「僕だって、君なんか大嫌いだ！」

「……教師として生徒の好き嫌いを口にするのは躊躇われますが、ラモー伯爵令嬢のやり方に腹が立たないと言ったら嘘になるでしょうね」

リューク、クライン、レイン、アンベールの順の言葉である。

「俺は……幼なじみとしての責任感みたいなものが少しある。俺がもっとしっかりこいつの我儘を諫めていれば、こいつは真面目になったのかもしれない。……それでもずっと好意を向けていたのに、『いらない』と捨てられた相手より『必要だ』と言ってくれた人のほうに好意を持つのは、当然だろう」

ついにはカールまでそう言った。

聞きながら顔色を青ざめさせたプリムローズは、しかし聞き終わると同時に真っ赤になって怒鳴り始める。

「うるさい！　うるさい！　うるさい!!　口ではなんと言っても信じないって言ったでしょう！　こんなことを言われたって、私は負けを認めないわよ！」

本当に往生際が悪いヒロインだ。

ならばどうすればいいのかと全員が思っていると、神の言葉が響いてくる。

『では、目に見えるようにすればいいのだな？』

「え？」

『転生者たちよ。お前たちには見慣れたものだろう。――ほら』

神の言葉が終わると同時に、リュークたち攻略対象者の胸の辺りに四角い画面がポンと現れた。

小さなハートマークがずらりと並ぶそれは、ゲーム画面によく現れるもの。

「嘘っ!?」

「――好感度のリザルト画面？」

叫んだのはプリムローズで、首を傾（かし）げたのはフルールだ。

乙女ゲーム『月の虹（にじ）』におけるリザルト画面とは、イベントが終わるごとに表示される好感度の結果報告画面のこと。最初は外枠だけの十個のハートマークが浮かんでいて、好感度が高くなるほどに、ハートに色がついていく方式だ。

通常は一枠だけのその画面が、今は上下二枠に分かれていた。

『上の枠が、優遇されたほうの転生者のもの。下の枠が不遇なほうの転生者のものだ。ハートの色は、それぞれのイメージカラーになっている』

つまり、上はプリムローズで下はフルールだ。

プリムローズのほうのハートはほとんど色がついていず、わずかにカールのところにだけ一つの半分がピンク色になっていた。

一方フルールのほうのハートは、全員十個ほとんどが紫色に輝いている。

違うのは、アンベールのハートが七個だけというところと、リュークのハートが明らかに十個以上ギュウギュウに詰まって溢れ出そうになっていること。

「十個が最高じゃなかったの？」

フルールは目を丸くした。

「これは——自分の想いが可視化されるというのは、いささか恥ずかしいものだね」

リュークが照れたように笑う。

どうやらゲームとは違い、リザルト画面は攻略対象者にも見えるようだ。

「いや、明らかに異常だろうよ！」

「愛が重すぎる!!　姉さま、逃げて！」

「…………いや、わかっていたけどな」

クラインとレインが叫び、カールが嘆息する。

アンベールはコメントを差し控えたようだ。

ここまでハッキリと示されては、さすがのプリムローズも言い逃れできない。

ガックリとうなだれ、膝から崩れ落ちた。

「……みんな合わせても二分の一個って」

——自業自得というものである。

抵抗の意思をボッキリ折られたプリムローズを、神の光が包み込んだ。

光の縄がまるで拘束するように彼女の体に巻きついていく。

「ハハ、ハハハ——」

なぜかプリムローズが笑い出した。

「——これで勝った気にならないことね。私は破壊竜なんて恐れていないもの。いずれ破壊竜を手懐けて、封印が解けたら一緒に戻ってくるわ。そしてみんな私の前にひれ伏させてあげる！」

高笑いするプリムローズ。

まるで悪役令嬢みたいだと、フルールは思った。

そんな悪役令嬢なヒロインに、声がかかる。

「プリム、君はさっきの話を聞いてなかったのかい？　フルール嬢とリューク殿下は、破壊竜と戦って〝勝って〟封印したんだよ。それも破壊竜が可哀相になるくらいフルボッコだった。……君が破壊竜と一緒に戻ってきても、もう一度封印されるだけじゃないのかな？」

フルールと一緒に冒険の旅に出たカールの言葉は、それが真実ゆえに重みがあった。

プリムローズの高笑いがピタリと止まる。

同時に彼女を雁字搦め（がんじがらめ）にした神の光が、ヒュウゥン！　と音を立てて跳ね上がり、プリムローズを空の彼方（かなた）に連れていった。

「そんな！　……イヤァァァァァァ～」

長く尾を引く悲鳴が、遠くに消えていく。

残ったフルールとリュークたちは目と目を見交わした。

なんとも言えず黙りこむ。

「——大丈夫よ。破壊竜の封印は一億年くらい解けないと思うもの。その頃には私もリューさまもいないから！」

「……フルール、それって大丈夫とは言わないと思うぞ」

疲れたようなクラインの言葉に、攻略対象者全員がうんうんと頷（うなず）いたのだった。

エピローグ

その後、卒業式は無事に終了した。

途中でプリムローズが行方不明になるというある意味重大事件が起こったにもかかわらず、それを問題にする者は、プリムローズを養女にしたラモー伯爵家を含め誰もいなかった。

どうも神による介入が行われたようで、フルールと攻略対象者、あとフルールが直接事情を説明した者以外は、乙女ゲームに関しての事柄をすべて忘れ去っている。

プリムローズは、最初から存在しなかったことになったらしい。

「まあ、終わりよければすべてよし。あまり細かいことにはこだわらないほうがいいぞ」

そんな上王の言葉は、年長者としての助言だろうか。

自分に不都合はないので、大人しく従っていようとフルールは思っている。

それに、神の介入にはいいこともあった。

リュークの火傷の痕が、綺麗さっぱり治ったのである。

「よかったです！　リューさま。仮面のリューさまもステキでしたけど、やっぱり傷はないほうがいいですものね」

リュークは言わないが、古傷が痛むなんていう話も聞いたことがある。フルールは、彼にはほんの少しの痛みも感じてほしくないと思っていた。

「私はどちらでもいいけどね。ルゥが喜んでくれるならありがたく治されておこうかな」

彼女を見つめながらうっとりと微笑んでくれるリュークの笑顔は麗しい！

幸せだと、フルールは思った。

そんなふうに、毎日フルール的には最上に幸せな日々を送っていたのだが、本日はさらにそれを更新する出来事があった。

「リューク・オンス・イエルド・ソリン、あなたはフルール・ドゥ・ラウンを妻とし、健やかなるときも病めるときも、喜びのときも悲しみのときも、彼女を愛し、その命ある限り共にあることを誓いますか？」

「誓います」

「フルール・ドゥ・ラウン、あなたはリューク・オンス・イエルド・ソリンを夫とし、健やかなるときも病めるときも、喜びのときも悲しみのときも、彼を愛し、その命ある限り共にあることを誓いますか？」

「誓います」

美しいステンドグラスから降り注ぐ色とりどりの光に溢れた荘厳な雰囲気の教会の中で、フルールとリュークは並んで神の前に愛を誓う。

今日はソリン王国王太子リュークの結婚式だ。

もちろん妃となるのはフルール。

二人は、晴れて夫婦になるのだ。

国を挙げての結婚式の準備には一年以上かかり、無事今日の日を迎えられたフルールは感無量だった。

（本当にリューさま、お美しいわ！　もうっ、もうっ、最高っ!!　目に焼きつけなくっちゃ！）

瞬きする間も惜しんでリュークを見つめるフルールの目は赤くなっている。

まあ、花嫁の目が赤いのは不思議でもなんでもないが、理由が残念すぎるフルールだ。

一方、リュークの目も赤い。

こちらは単純にようやく迎えた結婚式に感動しているからだ。

「本当に長かった。そして険しい道のりだった。クラインもレインも、カールまで！　私のルゥへの愛情が重すぎるから、私との結婚をやめて自分と結婚しろだなんてルゥに言い出して。……私が、私より軽い気持ちの者に大切なルゥを渡すはずなどないのに！　ねぇ、そう思うだろう？　ルゥ」

リュークが話しかけてくる言葉の半分も、胸が高鳴りすぎているフルールの耳には入らない。

「……………ああ、リューさま。幸せです」

「私も幸せだよ。私のルゥ」

互いに互いの姿しか目に入らない二人は、近づきそっとキスをする。

ガラ〜ン！　ガラ〜ン！　と国中に王太子の結婚を告げる祝福の鐘が鳴り響いた。

結婚式の挙行は夜で、空には美しい満月が輝いている。

鐘の響きと同時に夜空に〝月の虹〟がかかった。

月虹は、神が祝福を与えに天から降りてくる橋で、幸せの瑞兆と伝えられている。

不思議なことに、その日は月の移動と共に、世界の隅々にまで月虹が見られた。

夜空に輝く淡い虹は、幻想的な光の粒子を人々の上に振りまく。

そして、その光を浴びた人々には、もれなく小さな幸せの奇跡が起こった。

病気が治ったり、待ちわびていた人が帰ってきたり、運命の人と出会って恋をした人も、ケンカしていた恋人と仲直りした人もいる。

人々は、それを神が王太子夫妻の幸せのお裾分けをしたのだと噂した。


この夜、神の奇跡を起こしたフルールとリュークは、やがて王国史上に名を残す偉大な国王夫妻となるのだが——


「愛しています。リューさま」

「私も愛しているよ。私のルゥ」


今はそんな先の未来より、目の前の愛しい人と愛を紡ぐことに夢中な二人だった。

番外編　とある攻略対象者の奮闘

「スゥラン！　君を愛している。私と結婚してほしい！」

王宮の廊下で突然始まる求婚劇に、周囲は『またか』とため息をついた。

「お断りします。あと勤務中に話しかけるのはやめてくださいと再三注意しているはずですよね？」

いまや王太子妃となったフルールの侍女長として王宮に勤めるスゥランは、自分へのプロポーズを秒で切り捨てる。

「勤務中以外の君は、私に会ってもくれないじゃないか！　というか、そもそも君に勤務中でない時間なんてあるのかい？」

起床から就寝まで、一年三百六十日フルールの傍にいるスゥランに、たしかに勤務中と勤務外を明確に区分する決まりはないし気持ちもない。

しかし、だからといってこんな日中の多くの人が行き交う王宮の廊下でプロポーズを受ける謂れはないはずだ。

「わかりました。言い方を変えます。――今後、私に話しかけるのはやめてください。時と場所を問わず未来永劫にです」

「スゥラン！　そんな。君は私に『死ね』と言うのかい？」

そんなこと言った覚えは微塵もない。

「死なないでいいです。話しかけないでください」

「冷たい。……でも、そんな君も大好きなんだ！　頼む、結婚してくれ！」

スゥランにプロポーズした男――アンベール・サン・リフィエは、恥も外聞もなくスゥランに縋った。

とても情けない格好だが、彼の姿は絶品。長いストレートの黒髪に切れ長の翠の瞳を持つ長身痩躯の美形である。なんといっても、乙女ゲームの攻略対象者だったのだから、見目の麗しさは言うまでもないだろう。

しかも、彼はプロポーズ用の真紅の薔薇の花束を抱えている。

このため、まるで絵画から抜け出たような美しさだ。

「しつこい男は嫌いですよ」

しかし、スゥランはその美しさに少しも心を動かされない。

なんといっても、王立学園で出会ってかれこれ十年くらいのつき合いになるのだから今さらだ。

「しつこくしないと、君は話も聞いてくれないだろう！」

「諦めの悪い男も嫌いです」

「諦めがよかったら、今ここで君に会えていないよ！」

ああ言えばこう言う。

既に十年近くプロポーズしては断わられを繰り返してきた男は強かだった。

「スゥラン、どうして結婚してくれないんだい？　私は結婚したからといって、君に仕事を辞めてくれなんて言わないよ。王太子妃さまの侍女長として好きなだけ働いてくれてかまわない。――それに、君が一番問題にしてきた身分差はもうなくなったんだ。私の求婚に頷いてくれてもいいだろう？」

ついにアンベールはそう叫んだ。

乙女ゲームの『強制力』から逃れるため次期侯爵の権利を従兄弟に譲ったアンベールは、現在無爵。王立学園の教師の職は持っているが身分的には平民だ。

以前『身分差』を理由に彼のプロポーズを受け入れなかったスゥランに、断わる理由はもうないはずだった。

「……今すぐにでも『次期侯爵』に戻ってほしいと懇願されていると聞いていますよ？」

そんな彼をジロリと睨みながらスゥランは問い質す。

「そんなの叔父の勝手な言い分だ。私は戻るつもりはない！」

アンベールがキッパリと宣言する。

現在のリフィエ侯爵は、アンベールの叔父だ。その前の侯爵はアンベールの父で、アンベールが幼い頃に亡くなっている。

このため叔父である現侯爵が、アンベールを次期侯爵にするという誓約を立てて侯爵位に就いていたのだが、それが乙女ゲームのために果たせなくなってしまったのだ。

スゥランは大きなため息をつく。

「現リフィエ侯爵さまが上王さまに直訴して、あなたの復位について許可を貰ったとも聞きましたよ」

「それは叔父が勝手にやったことだよ。私は君と結婚できない限り、次期侯爵に戻るつもりはないからね」

「――それよ！」

アンベールが言い切ったとたん、スゥランは彼の襟首を掴んだ。

そのままグイッと自分の顔近くに彼の顔を引き寄せる。

バサッと音を立てて薔薇の花束が落ちた。

「ぐえっ！　く、苦しい……けど……近い！　とっても近いね、スゥラン！」

ギリギリと首を締め上げられているのに、アンベールはものすごく嬉しそうだ。

「あなた、侯爵さまと上王さまに、『私と結婚できなければ侯爵にならない』って宣言したんですって？」

その通りなので、アンベールはコクコクと首を縦に振る。

彼の顔は真っ赤になっているのだが、それが愛する人の顔が近くにあるためか、それとも首を締め上げられているせいなのかは不明である。

スゥランは情け容赦なく締めつける力を強めた。

「どうして、あなたのお家騒動に私を巻きこむのよ？　おかげで私はリフィエ侯爵に『甥と結婚してやってください』って頭を下げられたのよ！」

王太子妃付の侍女長とはいえスゥランは平民だ。

その彼女に対し、リフィエ侯爵は頭が膝につくくらいに深々と下げて懇願してきた。

あのときの衝撃は、とても言葉では言い表せない。

「上王さまにも『この主にしてこの従者ありか』とか言われて笑われるし！」

ガクガクガクとスゥランはアンベールを揺さぶる。

「ち、近い……嬉しい………あ、でも…………死ぬかも」

酸欠で気を遠くしながらも、アンベールは嬉しそうに笑った。

「死ぬ前に、侯爵様と上王さまにあなたの言葉を撤回しなさい！」

大声で怒鳴ったスゥランの声は、王宮中に響き渡る。

おかげで駆けつけたフルールの取りなしで、アンベールはなんとか生き延びた。

――その後、彼が自分の叔父と上王になんと言ったかはわからない。

ただアンベールはその後もスゥランにプロポーズを続け、なんとかお情けで結婚してもらうことができたのだった。

なんでも上王が『ひ孫の乳母にするなら、上位貴族の夫人で同時期に子どもがいる女性が望ましい』と言ったとか言わなかったとか伝えられているが、真偽は不明だ。

まあ、アンベールがリフィエ侯爵となり、その夫人となったスゥランがフルールと同じ頃に出産し乳母になっているところを見れば、何をか言わんではあるのだが。

「スゥラン！　私の奥さん。誰より何より愛している！」

今日もアンベールは最愛の妻に愛の言葉を捧（ささ）げていた。

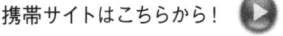

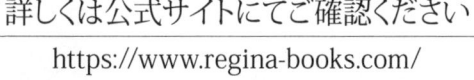

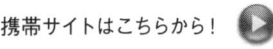

この作品に対する皆様のご意見・ご感想をお待ちしております。

おハガキ・お手紙は以下の宛先にお送りください。

【宛先】

〒150-6008 東京都渋谷区恵比寿 4-20-3 恵比寿ｶﾞｰﾃﾞﾝﾌﾟﾚｲｽﾀﾜｰ８F
（株）アルファポリス　書籍感想係

メールフォームでのご意見・ご感想は右のＱＲコードから、
あるいは以下のワードで検索をかけてください。

アルファポリス　書籍の感想　検索

ご感想はこちらから

本書は、「アルファポリス」（https://www.alphapolis.co.jp/）に掲載されていたものを、改題、改稿、加筆のうえ、書籍化したものです。

推し(お)に婚約破棄(こんやくはき)されたので神(かみ)への復讐(ふくしゅう)に目覚(めざ)めようと思(おも)います

風見くのえ（かざみくのえ）

2021年 12月 5日初版発行

編集－黒倉あゆ子
編集長－倉持真理
発行者－梶本雄介
発行所－株式会社アルファポリス
〒150-6008 東京都渋谷区恵比寿4-20-3 恵比寿ｶﾞｰﾃﾞﾝﾌﾟﾚｲｽﾀﾜｰ8F
TEL 03-6277-1601（営業） 03-6277-1602（編集）
URL https://www.alphapolis.co.jp/
発売元－株式会社星雲社（共同出版社・流通責任出版社）
〒112-0005 東京都文京区水道1-3-30
TEL 03-3868-3275
装丁・本文イラスト－天城望
装丁デザイン－AFTERGLOW
（レーベルフォーマットデザイン―ansyyqdesign）
印刷－中央精版印刷株式会社

価格はカバーに表示されてあります。

落丁乱丁の場合はアルファポリスまでご連絡ください。

送料は小社負担でお取り替えします。


ISBN978-4-434-29638-3 C0093